LA FEMME INVISIBLE

MAÏTENA BIRABEN

LA FEMME INVISIBLE

BERNARD GRASSET
PARIS

Photo de couverture : J.-F. Paga

ISBN 978-2-246-81731-4

Pour Emma.
À toutes celles qui essaient.
À mes amies.

« Quelle erreur pour une femme d'attendre que l'homme construise le monde qu'elle veut, au lieu de le créer elle-même. »

Anaïs Nin.

« Un grand pouvoir implique de grandes responsabilités. »

Oncle Ben, *Spiderman*.

« Dans la vie, rien n'est à craindre, tout est à comprendre. »

Marie Curie.

« Une femme libre est exactement le contraire d'une femme légère. »

Simone de Beauvoir, *Le Deuxième Sexe*.

Quand j'étais petite, je regardais le monde éberluée et incrédule. Spectatrice du grand barnum. J'ai grandi dans un univers d'hommes avec un père raide, quatre frères puissants, une mère glorieuse et malheureuse au foyer. Incrédule et éberluée parce que j'ai très vite compris qu'on attendait de moi une attitude, un regard sur la vie, une attention aux autres qui n'avaient aucun rapport avec *qui* j'étais mais avec *ce que* j'étais : une fille. Mes frères, eux, avaient tout loisir d'être eux-mêmes.

Moi. Pas.

Voilà deux mots qui auront été un mantra silencieux dans ma vie jusqu'ici : Moi. Pas.

J'ai 56 ans et nous en sommes toujours là ! Je ne suis ni celle que vous croyez ni celle que vous vous racontez !

Mal pensée et donc mal parlée !

C'est le cas pour nous toutes, les femmes entre 45 et 65 ans, les femmes presque ou déjà ménopausées, les femmes qu'on ne « dit » plus.

Ces femmes jusque-là programmées et perçues comme utiles dès la naissance, puisque promises à porter des enfants. Qu'elles en aient finalement ou pas important peu. J'ai une pensée pour vous, Mesdames, qui n'avez pas pu ou pas voulu avoir d'enfant. Je parle aussi de vous.

Si une femme est la promesse d'un éventuel enfant, que sommes-nous quand nous n'avons plus nos règles ? Quelle promesse portons-nous une fois ménopausées ?

À l'heure où, sans plus de fonctions procréatives, nous devenons enfin nous-mêmes, Isabelle, Véronique, Malika, Maïtena, Alexandra, Indira, Charlotte, Chantal, Mariem…, le grand récit fait de nous continue. On nous raconte entrées dans un long tunnel de silence qui nous amène à la disparition avant la mort. La fin de notre promesse, donc de notre utilité, donc de notre intérêt et donc la fin de notre visibilité, et puis la fin tout court.

Une femme suspendue, au ralenti, occultée comme une question qui embarrasse, parce que sans évidence. Mal à l'aise, le collectif se tait et passe en mode silence les femmes ménopausées. On ne sait pas qui est cette femme, ce qu'elle est devenue, et son lieu sera désormais l'invisible. Puisque gêné, ne pas s'encombrer !

Mais… il y a un mais !

En décembre 1967, j'ai 5 mois, et ma vie va entièrement changer. Ma vie et celle de millions d'autres. Un Français, juif polonais, résistant, condamné à mort réchappé, militant de la maternité heureuse, a découvert, alors qu'il était parachutiste, engagé dans les Forces françaises libres en Angleterre, au hasard d'une relation sexuelle dans les jardins de Hyde Park à Londres, le préservatif ! Il trouve ça formidable, comprend la liberté que cela représente pour chacun et d'abord pour chacune et, plus de vingt ans après, parvient à rapporter la contraception en France et à défaire la loi du 31 juillet 1920. Une plaie qui a mis sous sa coupe des générations de Françaises. Une loi qui interdit l'incitation à l'avortement et la propagande anticonceptionnelle. Sont donc punis et l'acte et le discours qui encourageraient les femmes à mettre fin à une grossesse.

Devant l'Assemblée nationale, Lucien Neuwirth, donc, déclare : « Nous estimons que l'heure est désormais venue de passer de la maternité accidentelle et due souvent au seul hasard, à une maternité consciente et pleinement responsable. » Il libère les Françaises de la loi de 1920 et du silence qui va avec ; leur donne la pilule et leur permet de séparer natalité et sexualité. Ce faisant, il ouvre la voie à l'expression politique du plaisir : l'acte sexuel n'est plus restreint à la nécessité reproductive. La loi du 28 décembre 1967 renvoie la sexualité des femmes à leur lit et à leurs envies, et plus aux églises ou assemblées politiques masculines qui les infantilisent. Le jour où les religions ou systèmes politiques feront de la sexualité cet endroit créatif et joyeux, libre et décomplexé qui permet aux corps d'exulter, on remplira alors les églises et les urnes !

Lucien a changé nos vies.

Ma vie de jeune fille puis de jeune femme est derrière moi.

J'ai été libérée (autant que je le pouvais), j'ai été mère avant l'an 2000, j'ai fait carrière. J'ai eu la vie d'une femme de son époque. On m'a regardée comme une femme moderne.

Je suis pour beaucoup un exemple de caractère affirmé, une femme forte et déterminée.

« Une femme libérée », libérée et moderne. C'est le récit collectif que l'on a fait de moi, des « Maternelles » aux années Canal, jusqu'en 2017.

Et puis…

J'ai chaud. Je m'empâte un peu. Les dîners finissent plus tôt. Je bois moins. Je vieillis.

Rien de bien dramatique. Mais pourquoi ce brouillard autour de moi, pourquoi donc ce malaise ? Et pourquoi m'est-il familier ?

Je reconnais une sensation de mon enfance. J'entends le récit sur moi, qui ne correspond en rien à qui je suis ni au moment dans lequel je me trouve.

Me revoilà éberluée et incrédule ! Exactement comme au début de ma vie.

Éberluée parce qu'on attend de moi une attitude, un regard qu'on pose sur ma place qui n'a aucun rapport ni avec *qui* je suis ni avec *ce que* je suis. Mes frères, eux, continuent d'avoir tout loisir d'être eux-mêmes.

Moi. Pas.

Incrédule parce que ça recommence. C'est avec le sourire – et un peu de colère – que je constate ce qui se passe pour la dame et la petite fille. Je suis partie d'un endroit où tout m'assignait, j'ai défait le plus possible, à ma mesure mais au quotidien, pendant cinquante ans, et je me retrouve comme au premier jour, face et en butte à un récit de moi-même qui ne me correspond en rien.

Balles neuves. Ça recommence !

Moi. Pas !

Psychologiquement – c'est un lieu commun, tout le monde le dit, et quand tout le monde le dit, finalement, c'est possiblement vraisemblable –, je suis au taquet ! Je sais ce que je ne veux pas ou plus, je sais parfois même exactement ce que je veux, je suis construite, debout, imparfaite et assumée.

Je sais que, bon an, mal an, rien n'est définitif, et que toujours, à tout, tout le temps, il y a un après ! Donc je suis détendue – peut-être pas sereine, n'exagérons rien, mais je suis cool. Avec ce que je suis et ce qui arrive.

J'ai ressenti la cinquantaine comme une crise d'adolescence équipée d'un cerveau. Une libération, une jubilation ! Un moment déterminant où les aiguilles de la montre ne décomptent plus le temps qui passe mais celui qui reste.

Ça peut mettre un coup, couper les jambes,

mais ça peut aussi libérer, porter, soulever, faire s'envoler, exacerber l'envie et le goût pour les autres, l'enthousiasme, les tentatives, les échecs sans regrets et les petites réussites. Plus « rien à perdre », comme si cela avait été le cas un jour, et là, en évidence, le ridicule de cette antienne qui empêche, retient, contraint, et donc immobilise.

Comme quand on prend un crédit : terrifiant, lourd, écrasant, ça oblige, il faut être sérieuse, au rendez-vous des échéances, avec la pression de tenir chaque mois et pour des mois à venir et ce pendant vingt-cinq ans. Et puis un jour, on réalise que si ça ne va pas, on peut revendre ! Et soudain… l'exploit devient ridicule.

L'évanescence, l'impermanence, la légèreté opposées à la gravité. Mais c'est évanescent, la gravité, l'os à ronger de la jeunesse, je l'ai compris à 45 ans. Et ça me fait rire !

Ce livre, je l'écris parce que j'aurais aimé le lire. J'aurais aimé connaître le récit de mes pairs.

Figurez-vous que le féminin de pair n'existe pas. On aurait pu espérer maires, mais généralement les maires sont des hommes ! Reste donc les mères qui, elles, sont bien des femmes, mais ce n'est justement plus le sujet.

J'aurais aimé le récit de ce moment si singulier pour nous. J'aurais aimé lire des femmes, sur ce sujet qui nous concerne toutes. Me plonger dans leur traversée, décrite comme difficile, physique et morale.

Mais que traversons-nous ? Que perdons-nous ? Que devenons-nous ? Que trouvons-nous ?

J'ai traversé, donc, et ne me suis pas reconnue dans le récit officiel. Aujourd'hui j'écris le mien. Héroïne du pas de côté, adversaire farouche des assignations, rebelle face à l'ordre établi, me voilà adolescente dans l'âme et ménopausée dans le corps, ambitieuse et sûre de mon fait. Je peux raconter, j'en ai envie, je suis documentée. Arrivée à cet âge, je veux dire combien j'estime les femmes, ces guerrières du quotidien qui travaillent au syndicat du courage avec constance et sourire.

Si pour moi le courage est une valeur, je ne suis pas à l'aise avec l'idée d'en avoir parce que toujours les circonstances m'y obligent ! J'aimerais choisir parfois.

Ce récit, qui est le mien, n'a rien de singulier ni d'extraordinaire mais c'est le récit du réel, peut-être même un peu le nôtre. Et déclenché par celui qu'on sert de nous d'habitude, périmé, écœurant et privatif.

En 2001, j'avais le privilège de défaire l'image de la maternité obligatoirement heureuse ; aujourd'hui je m'enchante à l'idée de défaire cet « âge du milieu » dit forcément éteint. Pour ne plus être mal racontées, autant nous raconter nous-mêmes. Et me voilà devenue pair des suivantes ! Et devenir pair, comme chacune sait, c'est éblouissant.

Ça a commencé à l'âge de la fin de la « meuf bonne », comme l'écrit Virginie Despentes. À 45 ans, j'étais jeune. À 46, ça sentait le roussi ! 47-48-49, on approche. 50, on atterrit.

Si à 50 ans tu n'as pas mal quelque part, c'est que tu es morte ! Sûrement. Mais pourquoi le récit s'arrête-t-il là ? Uniquement le négatif, le perdu, le passé, le moins bien.

Pourquoi ce que l'on gagne à 50 ans n'est-il pas promis, raconté, transmis ? On gagnerait à tous les âges mais plus à celui-là ?

Je ne suis pas en lutte contre la vieillesse. Je ne prétends pas que je ne vieillis pas. Je ne me résume pour autant pas à ça.

Je ne veux convaincre personne qu'une paire de seins qui tombe est jolie, que le pneu qui pousse sur nos ventres est gracieux, que des fesses plates sont plus sexy qu'une paire de fesses rebondies, que des paupières qui recouvrent le regard le rendent plus intense, que l'ovale du visage devenu flou donne l'air en forme. Non. Je ne vais pas essayer.

On y est, *on n'est plus ce qu'on a été.*

C'est vrai.

Et c'est désagréable. Mais ce n'est pas non plus une surprise ! On le sait depuis le premier jour, on va vieillir, et dans nos vies, perdre nos attraits physiques est un défi, un regret et un danger. Nous sommes bien davantage sommées de « repulper » notre visage que de préserver nos coronaires ou d'huiler nos articulations. Or si le lifting ne garantit pas la qualité de vie, le bon fonctionnement des articulations permet, lui, l'autonomie.

Est-ce vrai pour les moches comme pour les belles ? Certaines vieilles femmes sont-elles belles ? En dehors d'une minorité qui est belle pour tous, la beauté reste fortement subjective, donc je laisse à chacune évaluer sa beauté et j'évacue la question.

J'en reviens à cette musique officielle qui m'inquiète jusque dans ma salle de bains et me fait m'ausculter comme un inquisiteur du Moyen Âge. Jugement rendu d'avance, constat sans appel : sorcière, jetez-la du pont dans un sac. Je dois être à la hauteur des attentes et conforme aux demandes. Comme à l'adolescence. Mais cette fois-ci, c'est encore plus insultant, pénible et intrusif : j'ai vécu, traversé carrière, mariages, sexualité, deuils, je suis parent, je suis adulte. J'ai coché toutes les cases qui sont sur la liste d'une vie de plus de 50 ans et on vient encore me dire ce que je dois être. C'est hallucinant !

Comment rester fraîche. Comment défroisser la peau. Comment effacer les taches. Comment rajeunir le regard. J'y verrai du jeunisme quand les mêmes injonctions seront faites aux hommes. Pour l'heure, elles nous sont réservées, et nous *devons* continuer d'être jeunes et belles.

Jusqu'à quel âge ?

Peut-être ai-je envie de faire tout ça, mais peut-être pas.

Peut-être est-ce important pour moi, mais peut-être pas.

Peut-être est-ce nécessaire pour moi, mais peut-être pas.

Peut-être ai-je envie qu'on s'adresse à moi comme à un corps, mais aussi comme à un esprit, une citoyenne, une force vive, un être de culture, un passé, un avenir, un futur, un possible !

Oui j'aime le jardinage, mais la place que je dois tenir dans la société se résume-t-elle à jardiner (pour rester svelte) avec le sourire tout en faisant mon yoga du visage (pour rester rayonnante) et tout en mijotant un bon petit plat pour réunir ma famille (pour rester mère et épouse), avant de gérer au mieux mon budget courses (pour rester maîtresse de maison) et de parfaire la déco de mon intérieur (pour rester… ?). D'ailleurs, le mot « maîtresse » est génial. La maîtresse est professeure de petite classe ou femme sans morale dans la frénésie du plaisir, genre dominatrice-cuir-latex, ou encore le summum : une maîtresse femme. Celle qui maîtrise ses nerfs !

La maîtresse domine les enfants, le sexe, le foyer, et son caractère de cheval fougueux.

Je n'en reviens pas moi-même. Ce que les mots racontent de notre « condition » est là. Pépouze, ni déguisé ni caché. Posé. En évidence !

Enfant puis ado, j'ai très clairement perçu que mon corps, mon genre, mon sexe allaient avec des attentes précises et claires. À la maison, je devais gérer l'intérieur, mettre et démettre le couvert, ranger la vaisselle et les courses, préparer le thé de mon père avec ses tartines de pain d'épice. Il est toujours très vivace, le sentiment de dégoût que j'avais face à sa satisfaction à me voir le servir. L'évidence de la géographie du genre : Courses-Cuisine-Chambre. J'étouffe en l'écrivant.

À 13, 14 ans, j'étais très grande avec des cheveux très longs, des seins, une allure de femme que je ne comprenais pas, et des regards portés sur moi qui me réduisaient à mon physique. Je suis alors passée en mode coquillage : je ne me rapelle pas avoir porté de jupe passé mes 12 ans. Si j'ai parlé fort, mis des Kickers et des pulls informes, ça a été pour des raisons exogènes et non par goût personnel. Je voulais être entendue, et pour l'être, il me fallait effacer la femme : surtout ne pas être féminine.

Ma mère, qui elle avait une allure folle, ne m'aidait pas beaucoup. Elle ne disait pas « se maquiller » mais « se farder », autrement dit « déguiser la véritable nature sous une apparence trompeuse »…

Elle m'a offert, pour mes 16 ans je crois, une petite trousse dans laquelle il y avait le parfum Mademoiselle de Rochas, et un crayon d'eye-liner vert. Quand elle me l'a donnée, j'ai ressenti la gêne qu'elle éprouvait. Un peu de dégoût, une émotion, un message silencieux qui racontait une chose sale, un peu humiliante, quelque chose de sexuel en fait qu'elle ne voulait pas me reconnaître. Pour me protéger ou par jalousie, je ne saurais dire !

Elle ne m'a jamais enseigné, transmis, appris quoi que ce soit de la féminité. Elle gérait la sienne et, me pensant comme un prolongement d'elle-même, mon corps et ce que j'en faisais soit allaient de soi pour elle, soit la révulsaient, car hors de sa décision et de sa portée. Était-elle jalouse, heurtée, dépassée, violentée ? Je glisse ici cette anecdote pour que vous compreniez au plus près qui était ma mère.

Lorsque je suis partie à la maternité accoucher de mon premier fils, j'étais seule. Atrocement seule. « Il » avait du travail. J'ai donc pris un taxi avec mes contractions et mon courage. Et j'ai appelé ma mère : « Maman, je vais accoucher. » La réponse maternelle fuse : « Ça m'étonnerait, je n'ai pas de contractions ! »

Je vous présente ? Maman, les gens, les gens, Maman…

« Ça m'étonnerait, je n'ai pas de contractions ! »

Je vous laisse digérer !

Je voulais être moi-même, et pas juste le corps qui me servait de véhicule. Impossible pourtant, pendant mon adolescence, de ne pas vivre « en réaction » à la société, aux injonctions diverses et variées et toujours répétées. À cette époque, j'ai été contre, tout le temps, je n'ai pas trouvé le mode d'emploi pour être Maïtena, simplement et uniquement.

Ma mutation Pokémon est achevée, quelque quarante années plus tard, et le message que m'envoie la société est à nouveau strictement le même. Avec une pointe de commisération supplémentaire : comme c'est bientôt fini pour moi, il faut que je me batte pour espérer rester le plus longtemps possible dans le *game*. Message reçu 5/5.

Une question cependant ! Le *game* de qui ?

Me voilà donc, la cinquantaine passée, revenue aux questions de mon adolescence.

Quelle est ma place ? Pourquoi ma place ne ressemble-t-elle pas au récit qu'on en fait ? Et à l'inverse, pourquoi ce que je vis n'a-t-il aucun rapport avec ce que l'on raconte de moi ? Pourquoi ai-je moi-même colporté, fait prospérer un récit tronqué, faux, ignorant et même violent sur qui je suis ? Ou plus exactement sur qui je ne suis pas…

Je ne suis pas le récit que l'on fait de la femme ménopausée, vieillie et asséchée, finie, terminée. Sans envie, sans vie, sans.

Tout chez moi est avec ! Avec des seins qui tombent, avec des rires solaires, avec des coups de mou, avec une richesse de savoirs, avec des pépins de santé, avec l'addition de toutes mes expériences, avec du temps pour moi, une meilleure connaissance de moi-même, des envies, une urgence, la pêche, une force de vie usée et augmentée, du discernement, du pragmatisme, des cheveux blancs, des rides, du poids, un début de sécheresse vaginale, des gens autour de moi qui me connaissent, des amis, des enfants, un mari, les commerçants de mon marché, du lien social, une image, et une liberté comme JAMAIS !

Ce que je viens d'écrire a toujours été vrai. Plus ou moins, bien sûr, selon l'époque et selon la femme.

Mais j'appartiens à une génération de rupture car nous avons la possibilité de le comprendre, de le ressentir et de le dire. De le revendiquer !

Si ma mère ressemblait à sa mère au même âge, notre génération vit sur une autre planète que celle de nos mères.

Grâce à Lucien Neuwirth, la pilule, tout ça ! Il a fallu gérer le sida mais nous avons toujours eu la pilule et l'avortement, donc nous ne nous sommes jamais dit que nous étions à la merci de l'autre sur la question de l'enfantement. Même pour celles qui comme moi n'avaient accès qu'à très peu d'informations, et qui devaient encore « faire attention ». Globalement, c'était entre nos mains. C'était là, en tout cas, à notre portée. Très vite. Dès nos débuts.

Nous sommes les quinquas trait d'union. Entre le monde d'hier et celui de demain. Nous venons du premier et avons les deux pieds dans l'actuel. Toujours d'actives !

Je veux faire bouger les lignes ! Encore.

Comme à l'époque des « Maternelles », où le récit des multiples manières d'être parents, et particulièrement mères, a permis aux femmes (je me fie aux sourires chaleureux que vingt-trois ans après on m'adresse toujours) de se sentir accompagnées et racontées. Exilées de la solitude, ce fardeau immense qui nous incombe au moment de devenir mère.

Ce lien, et chaque animatrice de cette émission merveilleuse vous dirait la même chose, ce lien avec celles et ceux qui nous écoutaient est infiniment beau, profond, ému et émouvant. Nous partagions l'intime, avec ses faiblesses et ses doutes, les moments fragiles et douloureux mais aussi éblouissants et éphémères.

Nous avons toutes ce lien avec vous. Mais…

Les « Maternelles » sont mon bébé, je les ai créées et je les revendique ! Elles sont mes doutes, mes envies et mes besoins d'échanges, sur les petites choses du quotidien autant que sur la symbolique, la philosophie, et la place de chacun ! Celle à prendre et à trouver, d'abord comme enfant, puis comme adulte, mais aussi comme adulte devenant parent, comme hommes et femmes les uns face aux autres.

Mon cerveau et mon instinct, ma nature me poussent sans cesse à défaire les assignations, à déconstruire la chose établie, à confronter les évidences, à demander pourquoi, à questionner tout, tout le temps.

« C'est comme ça. »

« Ah bon ? Pourquoi ? »

J'ai instinctivement détesté, depuis la toute petite enfance, le regard paternaliste sur les femmes et la victimisation qu'il engendre. Ce regard nous réduit, nous assigne et nous humilie. Je n'ai pas le goût du malheur, et j'ai toujours eu la conscience que je préférais qu'on me parle correctement.

C'est une exigence que j'adresse aux autres et donc aussi à moi-même. Si je ne suis pas la petite fille que les hommes vont protéger et accompagner, alors je ne me comporte pas comme telle.

Je me suis depuis l'enfance toujours demandé pourquoi les femmes se conduisent parfois comme des victimes. Quel homme va chez le médecin pour s'entendre dire que, bien qu'il ait mal, il va attendre et revenir dans trois à six mois et, là, on prendra une décision ? Quel homme ? Avec quelle pathologie ? Les femmes acceptent ça !

Par exemple, avec la ménopause : un médecin n'a aucun problème à demander à sa patiente de vivre avec ses désagréments pendant des mois pour examiner, attendre que, réfléchir à, voir si plus tard… on verra… on saura… On verra quoi ? On saura quoi ?

Mais ce qui m'énerve le plus, c'est l'acceptation des femmes. Je l'ai fait comme nous toutes. J'ai accepté. Même si je l'ai fait le moins possible et toujours avec la certitude que ça n'allait pas.

Prenons l'argent comme autre exemple. Nous vivons en ayant parfaitement conscience que nous sommes moins payées. Nous le savons toutes et tous. C'est très clair, ce n'est ni caché ni dissimulé, c'est un fait, illégal, reconnu et avéré. Et ça me rend dingue !

Pourquoi les femmes ne sont-elles pas augmentées comme les hommes ?

La toute première des raisons est qu'elles ne le demandent pas. De même qu'on ne négocie pas nos salaires en entretien d'embauche. On prend ce qu'on nous donne ! Seules 44 % d'entre nous sont à l'aise avec le fait de demander une augmentation, contre 57 % des hommes. Et uniquement 41 % des femmes négocient leur salaire pendant un entretien d'embauche alors que 58 % des hommes le font.

Pas de polémiques inutiles. Je n'inverse pas la charge de la preuve !

Je ne rends pas les femmes responsables de leur statut dans nos sociétés. Je pense simplement que nous sommes suffisamment en butte aux problèmes exogènes, aux *a priori*, aux déterminismes, aux constructions paternalistes, sexistes et discriminatoires, pour ne pas en rajouter : si nous voulons une augmentation, commençons par la demander. Si nous nous comportons comme de dociles petites filles qui acceptent sans comprendre car elles n'osent pas questionner, de peur de déranger, nous n'y arriverons pas.

Victime, ce n'est pas mon genre de beauté ! Toutes n'ont pas le choix. Moi je l'ai, alors je l'exerce.

Que répondrait le DRH à ce constat : « Machin a été augmenté de tant. Je voudrais une augmentation similaire, voire supérieure car je suis payée 20 % de moins » ? J'ignore quelle serait sa réponse mais je sais que nous serions plus proches d'avoir cette augmentation que si nous restions sur le pas de la porte, sans entrer ! (Et ça devrait être assez drôle à voir !)

Cet instinct, je l'avais enfant. Dans les tripes. J'ai toujours perçu les inégalités de genre et je n'ai jamais trouvé de raison à leur existence. Jeune adulte et jeune mère, aux « Maternelles », j'ai pu l'éprouver intellectuellement.

L'exemple qui dit tout : l'accouchement.

Pourquoi accouchons-nous allongées ? Imaginez une bouteille avec quelque chose à l'intérieur que vous voulez faire sortir. Vous allongeriez la bouteille, vous ?

Les femmes accouchent allongées pour que les gynécologues puissent s'asseoir ! Décubitus dorsal : plus facile pour le médecin de surveiller l'accouchement. Je lis deux choses ici et une seule manière d'y mettre un terme.

1. Le confort médical des obstétriciens passe avant celui de la femme qui accouche.

2. Les femmes l'ignorent, parce qu'elles ne questionnent pas ce qui leur est proposé et délèguent la responsabilité. Ceci ne justifie pas et ne dédouane pas le camp d'en face mais ne nous approche pas non plus de la solution.

Pourquoi accepter sans comprendre ? Il nous faut questionner, questionner, questionner ! Demander pourquoi. Ne pas accepter des choses que l'on ne comprend pas par peur de déranger, de ne pas être « gentilles », de ne pas être à notre place.

J'ai été éduquée à l'être, gentille, docile, attentionnée, programmée pour m'occuper du confort de mon mari, de mes enfants, de mon foyer, de mes hôtes, de mes voisins, de qui sais-je encore. Au service de.

Si j'avais été un garçon, on aurait attendu de moi que je sois fort, que je fasse carrière, que je fonde une famille et que je la protège.

Autant je n'ai jamais voulu être un garçon, autant il reste tout à fait incompréhensible que le fait que j'aie des seins et pas de testicules me dirige au service du confort d'autrui : le fait que je puisse porter la vie ne justifie pas que je doive passer la mienne au service de celle des autres.

Les femmes, qu'elles aient eu envie de faire des enfants ou de ne pas en avoir, qu'elles aient pu le faire ou aient été stériles, n'ont pas traversé la vie uniquement autour de leurs ovaires et de leur utérus. Le glorieux âge de la ménopause nous permet d'afficher cette réalité.

Pour la somme de ce que nous sommes, pour tout ce qui va advenir, pour nous, entières.

Cet âge décrit comme celui du déclin est celui de tous les possibles. S'il est plein d'emmerdes, de pertes, de moins, il est aussi plein de vies. Au pluriel. C'est un projet fabuleux que de le vivre à la face du reste du monde !

Et c'est bien plus qu'un projet, que **notre projet** : c'est notre réalité, et il est grand temps que nous reprenions en main le discours qui est fait de nous.

« Impose ta chance, serre ton bonheur et va vers ton risque. À te regarder, ils s'habitueront », écrivait René Char.

Voilà, c'est ça, habituez-vous !

Un homme de 50 ans a vécu, traversé des épreuves, construit une carrière, une famille, un patrimoine... Ces multiples expériences l'ont enrichi, augmenté. Il a gagné en maturité, en sagesse, en profondeur, et il est plus beau qu'avant. Une femme de 50 ans est une vieille. À 50 ans, un homme est l'addition de tout ce qu'il a cumulé, et nous, la fin de tout ce que nous avons été ! C'est ce récit détaché de la réalité que nous devons changer.

Pourquoi ne sommes-nous pas des femmes riches d'expériences incroyables et multiples : mère, divorcée, célibataire, amie, fille, femme, professionnelle, reconvertie, croyante, malade, guérie, sur les réseaux, dans les organigrammes, sur les applis et sur les sites ? Des femmes qui achètent, qui vendent, qui créent, qui inventent... Nous sommes un quart de la population française, nous sommes actives, diverses, et nous sommes à ce jour 9 millions !

Nous sommes vos mères, vos femmes, vos sœurs, vos filles, et vous nous parlez mal. Et nous vous laissons faire, et parfois même nous participons !

Je veux changer le récit politique et sociétal sur nous. Des femmes qui, au prétexte qu'elles ne peuvent plus se reproduire, deviennent évanescentes et, dans un silence abyssal, disparaissent de la culture, du récit commun, de la pub, du cinéma, des médias, du débat, et même des pensées.

À 50 ans, n'est-on plus la promesse de rien ?

Sommes-nous seulement encore des femmes, des ex-femmes, des femmes à la casse, des sous-femmes ?

Le récit de la femme ménopausée est une promesse de chute dans un vide silencieux où, consciencieuses et repentantes du poids de notre inutilité, nous nous enfonçons, tête basse et sur la pointe des pieds, pour ne pas déranger.

On dirait un dessin de Sempé. « Non mais allô, t'es une fille et t'as plus tes règles ? »

Quand on sort de la promesse assignée, est-on vidée ou libérée ?

Quand on n'a plus de promesse à tenir, peut-on alors devenir la promesse de soi-même ?

Quand nous n'avons plus nos règles, pouvons-nous devenir nous-mêmes ?

En 2001, je questionnais l'assignation au bonheur béat de la maternité. Vingt-trois ans plus tard, je questionne l'assignation à la décrépitude. Ces deux moments ont en commun nos ovaires et notre utérus. Vous n'auriez pas envie d'élargir un peu nos horizons ?

Il y a vingt-six ans, donc, je partais en guerre contre une image. Une jolie image, conventionnelle et franchement dégueulasse. L'image étalon de la maternité : la femme douce et souriante, épanouie, patiente, aimante, armée d'un instinct maternel, au service et à l'écoute de son bébé. Ça fait sourire ? Moi ça me blesse, ça me met dans une colère noire ! Comment fait-on, que devient-on si on n'est pas au rendez-vous de cette soi-disant évidence ?

Avoir un enfant, c'est porter des culottes Surgifix, être seule et coupée du monde qui continue sans nous, découvrir la fatigue jusqu'à l'épuisement. Avoir envie de balancer son enfant contre le mur, regretter d'en avoir un, puis être éblouie de l'avoir fait, être confortée par un sourire, un progrès, une interaction. Mais, là encore, pas toujours et pas pour toutes !

Avoir un enfant, devenir mère, c'est toucher du doigt que l'on peut perdre la femme que l'on a construite. Le bébé nous enlève à nous-même. Il nous prend. Et nous enchaîne à lui. Il s'en fout de nous ! Il veut sa mère ! Le bébé, comme le mari, les voisins, les commerçants, la société, le monde entier !

Pourquoi le pays de la femme est-il toujours partiellement raconté ? Pourquoi ces discours qui décrivent, accompagnent et font entrer en femmélie ?

Je suis extrêmement fière de ce que j'ai fait il y a donc vingt-trois ans avec « Les Maternelles » : donner aux jeunes parents, et en particulier aux mères, la possibilité d'être eux-mêmes, dans leur complexité, dans leur diversité, dans leurs paradoxes, avec toute la liberté qui est la leur. Avoir accès à cela, c'est défaire la construction du malheur, du jugement, de l'angoisse, de la norme – de l'injonction !

Sur Twitter, j'ai trouvé il y a quelques années cette phrase qui dit beaucoup : « On demande à une mère d'élever ses enfants comme si elle n'avait *pas de travail*, de travailler comme si elle n'avait *pas d'enfants*, et d'avoir l'apparence d'une femme qui n'a *ni enfants ni travail.* »

« Les Maternelles » ont été plus qu'une émission réussie (et qui dure toujours !), elles ont été un mouvement de fond, et le récit du réel. Pas le dogme représentatif ou l'idéal à poursuivre. Le droit de chacune à ne pas savoir, à se tromper, à avoir sa propre expérience de la maternité. La maternité, la parentalité, c'est un chemin que l'on fait. Pas un mode d'emploi. Être femme serait l'inverse : un chemin rempli de modes d'emploi.

D'où ce livre aujourd'hui. Parce qu'au bout de cette chaîne d'ovules, à la fin de la possible maternité, le travail est tout entier à refaire !

J'étais une mère célibataire pour mon premier enfant, en 1996. Ce que j'ai vécu, je ne l'oublierai jamais. Ce qui m'a été arraché, ce à quoi j'ai été contrainte me fait pleurer aujourd'hui comme hier. Le désarroi est intact.

J'avais été programmée pour me marier et avoir des enfants. Séparée du père de mon fils aîné à la veille de son premier anniversaire, j'ai vécu l'effarement, celui de l'invraisemblable solitude, et l'effondrement du rêve de famille. On m'avait toujours regardée comme une future mère de famille, et épouse. Je pouvais être instruite et rebelle, c'était parfaitement acceptable dans la mesure où je restais dans ce cadre-là : un rappel, et il était induit que je rentrais dans l'ordre. Quand on élève des filles à être « dociles », on n'espère pas qu'elles développent leur « libre arbitre » qui de fait se trouve dans la marge, dans le domaine du farfelu, de la conditionnelle avec bracelet et signal électrique pour rappel au bon périmètre. On obtient des femmes qui obéissent et pas des femmes qui mènent leur vie comme elles l'entendent. C'est efficient et bien rodé!

Mon statut de fille-mère est un gros dérapage, livré avec son lot de regards compatissants et culpabilisants, autrement dit « paternalistes ». Peu de gens pour aider, par contre! Elle est longue, la liste de ceux qui ont tenté de siffler la fin de ma récré. En particulier dans le milieu professionnel, y compris des gens intelligents. Et ces personnes-là, je les méprise. Il est fort ce mot! Mais juste. Ils m'ont regardée en me réduisant à ma situation civile et en pensant « mater » mon « exotisme », mon « indocilité ». N'étant pas une jument, je n'ai pas à « obéir » à qui que ce soit et je les estime donc à la hauteur où ils se placent: celle de mon mépris.

Essayez, ça repose!

Seule avec un enfant, j'ai dû travailler! C'est ce que font ceux qui ont un loyer à payer!

Mais moi, j'avais un enfant, donc travailler… oui, bien sûr mais… pas trop hein!…

C'était l'époque des « Maternelles », nous renversions la table sur la maternité, la parentalité, nous prônions et exaltions l'imperfection, nous nous serrions les coudes…

Cela m'occupait dix à douze heures par jour. Les douze heures restantes étaient consacrées à dormir, jouer, laver, coiffer, nourrir et emmener petit gars à l'école, envoyer un sms au père, faire les courses, le ménage, prévoir les vacances, les week-ends, encore un sms au père, préparer les sacs, prendre les billets de train, organiser les anniversaires, envisager de sortir, appeler maman, renvoyer un sms au père, essayer de rencontrer quelqu'un, putain, renvoyer un sms au père, être gentille, douce, aller voir la maîtresse, renvoyer un sms au père, préparer le dîner, avoir de petites attentions pour petit gars, le faire rire, ne pas lui crier dessus, ne pas pleurer devant lui, ne pas fumer dans sa chambre, continuer d'y croire, ne pas perdre pied, renvoyer un sms au père… Comprendre que je n'aurais jamais de réponses. Accepter de renoncer. Et avancer.

La quinqua que je suis aujourd'hui est construite très fortement par ces années. Je ne peux le mesurer qu'à une seule autre chose : la naissance du second. Je n'ai pas accouché du second, je l'ai mis au monde, et cette expérience est à moi pour toujours. Comme ma relation en duo avec mon fils aîné. C'est à moi pour toujours. Je suis certaine, Mesdames, que vous me comprenez.

J'écris que ce qui nous construit vient de la douleur et de la résilience qui l'accompagne. J'en suis un peu gênée, mais ce sont bien mes failles, mes échecs et mes douleurs qui font de moi ce que je suis de meilleur aujourd'hui.

Je connais mes limites et mes grandeurs pour les avoir testées sur le terrain des chagrins, des abandons, des blessures, des coups bas, et du reste.

J'aurai 28 ans pour toujours. L'âge auquel j'ai eu mon premier fils. L'âge qui fait basculer dans l'état dit de « femme accomplie », « entière », où pour les premières fois on s'entend appeler Madame et, vu d'ici, c'est un peu ridicule. Un âge où l'on prend la vie très au sérieux ! On se dit qu'on n'est plus « jeune », qu'on est responsable, debout et prête à escalader les montagnes qui vont venir et même qu'on espère. Aujourd'hui, j'ai donc encore 28 ans, mais plutôt fin de journée usante que petit matin glorieux, et ayant déjà beaucoup prouvé, à moi-même et aux autres, je préfère désormais les vallées aux montagnes. Mais j'ai aussi l'âge de ma date de naissance. Et aucun problème à l'annoncer. Selon le moment où vous lirez ces lignes, j'aurai plus ou moins vieilli, mais deux choses sont sûres : je suis née le 2 juillet 1967, et j'aurai désormais jusqu'à la fin de ma vie plus de 56 ans.

Je sais dire mon âge, parce que je n'y crois pas une seule seconde. Je sais dire mon âge aussi parce qu'il est une provocation !

À moi et à l'époque ! Toujours la même histoire : ce que je ressens, la manière dont je me perçois et dont je vis, n'ont aucun rapport avec ce que l'on raconte de moi.

Prenons les journaux féminins. Si j'en saisis parfaitement le modèle économique, je n'ai jamais compris ni accepté que cette presse assigne les femmes tout en leur vendant leur liberté en une. Je me souviens d'Hélène Lazareff, fondatrice de *ELLE,* qui promettait « le sérieux dans la frivolité, l'ironie dans le grave » et s'adressait à ses lectrices comme « citoyennes et non consommatrices ». Elle qui faisait bosser la scandaleuse Françoise Sagan ou encore Colette.

Où sont aujourd'hui les numéros qui mettent en couverture Virginie Despentes pour son talent disruptif, Christine Angot pour son œuvre et sa colère, Virginie Grimaldi pour son immense succès ?

Où sont ces femmes qui, sans nous plaire forcément, nous divisant même parfois, nous émancipent toujours ? Elles font les couvertures de *Télérama*, des *Inrocks* ou de *M Le mag*, mais pas celles d'*ELLE* ou *Marie Claire*. Pourquoi ? Pourquoi aucune femme de plus de 40 ans ne fait-elle la couv' sauf lorsqu'il s'agit de cesser de teindre ses cheveux, acte politique il est vrai ?

En l'occurrence, nous avons toutes notre part de responsabilité ; nous n'achetons pas les magazines qui montrent la « vieillesse ». Parce que lesdites « vieilles » ne veulent pas se voir « vieilles », parce que même *Notre temps*, destiné au troisième âge, ne met personne de plus de 45 ans en une, car quand il l'a tenté, avec un mannequin à cheveux blancs, les ventes se sont effondrées !

Le récit collectif écrase-t-il le réel ? Au moment de l'élaboration de notre média digital, « Mesdames », nous voulions, mon associée et moi, l'appeler le média des femmes de 50 ans et plus ! Après réflexions, discussions et surtout après les retours de certaines, nous avons finalement décidé de ne pas mentionner l'âge.

Certaines n'assument pas leurs 50 ans et plus, à cause du récit et de l'image de cet âge. Le serpent se mord la queue. Je n'ai pas mon âge parce que le récit de mon âge me réduit et m'enferme dans la vieillesse alors même que je ne suis pas vieille.

À ce stade, je veux écrire un mot à destination des femmes plus âgées qui le sont, vieilles. Vous, Mesdames qui avez de 80 à 95 ans, vous êtes vieilles et j'espère être vieille avec vous.

Vous aussi, on vous raconte en vous réduisant comme une purée d'EHPAD. Oui, les possibilités infinies de la vie semblent se réduire au fur et à mesure en cercles concentriques, de plus en plus proches de l'épicentre, au point de mesurer une circonférence de moins de trois mètres. La chambre, la cuisine, le fauteuil. Mais qui a dit que ça ne suffisait pas ? Ça va cinq minutes de découvrir le monde, l'ailleurs et l'autre. Les voyages forment la jeunesse, pas la vieillesse. Parce qu'après, aussi curieux que l'on soit ou qu'on le reste, on a bien compris que le voyage, il est là ! Juste là, devant soi, y compris immobile. Elle me fait rêver, cette capacité à augmenter sa vision, son intérêt, son acuité sur ce qui est autour de soi, ce don que la vieillesse nous fait. La puissance de l'intérêt pour ce qui est immédiat, quotidien, routinier, minuscule, anodin, invisible.

François Cheng, dans ses *Cinq méditations sur la mort*, propose une idée spectaculaire. Plutôt que de placer la mort comme le point final de nos vies, et donc de cheminer vers elle en réduisant nos possibilités, partons de la certitude de la mort, elle est inéluctable, et vivons la vie à l'envers ! Mettons la mort comme le point de départ et élargissons notre vie ! Le regard sur ceux qui peuplent la vieillesse change instantanément. Les vieux sont ceux qui ont le plus et pas le moins. Ils ne s'amoindrissent pas mais ils s'augmentent. Ils ne sont pas des soustractions, mais une multitude d'additions singulières, uniques et précieuses.

Ce mot-là, « vieille », je ne veux pas l'abandonner aux bien-pensants, aux réacs, aux cons, aux autres. Je veux m'aimer, vieille. Quand je serai vieille, je veux me marrer comme une môme avec mes copines et regarder les autres être jeunes en spectatrice qui jubile.

Vieillir fait peur.

La peur, ce vieux truc qui empêche la liberté. La liberté dont un jour Riss, le directeur de la publication de *Charlie Hebdo*, m'a donné le secret de fabrication. Il a posé dans ma main une douille de balle tirée le jour de l'attentat par les frères Kouachi, et il m'a dit : « La liberté, ça n'est pas confortable… »

Petit mouvement des plaques tectoniques dans ma vie : s'asseoir toujours sur une fesse, rarement dans un fauteuil ! Se lever quand on est mal assis est beaucoup plus facile que de surgir du fin fond d'un Ligne Roset.

Détour au cinéma, avec la fameuse scène de *Sur la route de Madison* où Francesca, incarnée par la divine Meryl Streep, a la possibilité de changer de vie, d'aller vers l'aventure, de tout plaquer, d'exulter, de jouir, de vibrer, de rire, de vivre une autre version d'elle-même. Il suffit qu'elle ouvre la porte du pick-up familial dans lequel elle est assise, avec ses courses, en attendant son mari. Combien sommes-nous à pleurer systématiquement devant cette scène ? Combien sommes-nous à savoir, dans notre chair et nos tripes, le sous-texte de cette scène ?

On veut qu'elle ouvre, il faut qu'elle ouvre, c'est là, à portée de main, il suffit qu'elle… mais elle n'ouvre pas, elle ne sort pas, elle ne part pas, elle choisit. Et c'est pour cela qu'on pleure. Pas de tristesse. D'émotion pure, qui fait surgir des larmes qui après avoir coulé nous laissent plus droites, plus fortes, plus fières. Ces larmes, qu'on croit issues de l'aventure avec Robert Kincaid – Clint Eastwood – à laquelle renonce Francesca, parlent en fait d'un autre homme. Celui que l'on voit à peine. Le mari. Francesca ne reste pas par devoir, même si elle en a tout l'air. Elle reste par choix. Penser qu'elle le fait par devoir, c'est la réduire et la soumettre.

L'aventure qu'elle vit la concerne, elle et uniquement elle, la regarde, la bouleverse, la réveille et la fait vibrer mais ne fait pas sa vie ! Sa vie est avec l'autre, et de cette vie-là on ne sait rien, à part qu'elle y tient et qu'elle la choisit.

Peut-être avez-vous, vous aussi, déjà eu la main sur la poignée de la porte. Peut-être l'avez-vous même ouverte. Pour celles comme moi qui l'ont gardée fermée, on sait que l'émotion de ce moment est dans le choix que l'on fait de la version de soi-même. Un choix insensé, énorme, gigantesque, puisque choisir c'est renoncer et que c'est cette Maïtena-là que je vais être, pas une autre, parmi pourtant toutes les Maïtena que je pourrais être. *Sur la route de Madison* est notre film parce qu'à notre âge, on sait qu'on aurait pu devenir d'autres versions de nous-mêmes. Bien sûr, nous pouvons encore choisir, mais nous n'aurons jamais 30 et 40 ans dans ces autres versions de nous-mêmes que nous aurions pu être ! Quelle extraordinaire tendresse pour ces autres nous-mêmes dans ces vies que nous n'avons pas choisies.

Vertigineux et statutaire.

On peut concevoir des regrets, parfaitement inutiles puisqu'on n'y peut rien, on peut aussi tirer d'extraordinaires satisfactions à contempler ce et ceux qui nous entourent, conjoint, amis, enfants, et la vie que l'on a. Ces satisfactions sont silencieuses, faites parfois de toutes petites choses. Insignifiantes pour n'importe qui d'autre que soi, mais porteuses pour celle qui sait de quoi il en retourne, tous les efforts, les joies, les difficultés, la chance, l'adversité, la complicité – les choix qu'il a fallu faire et vivre pour que *ça* soit *là*. C'est la différence entre le visible et l'invisible. Un panorama ne raconte pas la même chose selon qu'il nous est familier ou qu'on le découvre.

Cette multitude de facettes fait nos vies et nous seules sommes capables de les voir. Ça ne fait pas rêver les trentenaires ni les quadras, parce qu'elles ignorent que cela va venir. C'est un cadeau du temps !

Comment penser que nous sommes des héroïnes sans reconnaître que les tâches – je choisis le mot – du quotidien portent en elles des défis multiples, des sens cachés, des valeurs profondes ?

Si, comme moi à 50 ans passés, vous avez compris, mais surtout accepté, que les difficultés font partie de la vie, que les vivre sereinement sans les contourner est la bonne solution et que, de toute façon, les tristesses et les joies sont les deux faces d'une même pièce qui roule toute la journée, chaque jour de notre vie, et tombe d'un côté comme de l'autre, à tour de rôle ; que nous faisons avec le côté sur lequel tombe la pièce, que notre bonheur n'est pas la joie, mais l'acceptation des joies et des problèmes qui surgissent dans nos vies… Si vous aussi, vous avez compris ça, alors nous pouvons envisager ensemble que Friedrich Nieztsche ait été une femme de 50 ans.

L'« *amor fati* », son grand principe philosophique. L'« amour du destin », l'acceptation de ce que propose la vie, les embûches comme les joies. Si ça n'est pas le quotidien des femmes, qu'est-ce que c'est ? Faire avec le réel et s'y plier tout en le transformant, devoir aller chercher le petit malade à la crèche donc quitter son boulot tout en s'organisant pour le finir à la maison, et donc en profiter pour récupérer le pain que je dois prendre, ça va m'avancer, me faire gagner du temps, même. L'organisation millimétrée du réel ne peut se faire autrement qu'avec un sens de la souplesse extrême et de l'adaptation permanente aux impondérables, permanents eux aussi. N'importe quel être humain qui a porté la charge mentale connaît parfaitement ce principe philosophique appliqué au quotidien.

Nietzsche a aussi pensé le surhomme, autre concept pertinent pour nous autres quinquas. « Deviens ce que tu es », dit Nietzsche. Le surhomme, c'est l'Homme devenu ce qu'il est.

Eh bien Mesdames, le surhomme est une femme ménopausée ! C.Q.F.D.

Chez les animaux quand on s'intéresse aux femelles, c'est toujours pour parler de reproduction, de gestation, de mise bas, de survie de l'espèce.

On ne peut pas faire comme si, depuis l'homme des cavernes, on n'avait pas vu passer l'invention de la roue, de la ville, de l'électricité, des systèmes sociaux, du tout-à-l'égout, des vaccins, de l'électroménager et autres nombreuses manifestations du génie et de la culture humaine.

Si tout cela est vrai pour Cro-Magnon, c'est aussi vrai pour Cro-Magnone.

Si nous sommes bien des mammifères, nous ne sommes pas des animaux. Non, personne ne peut nous résumer à nos utérus.

Ni à 20 ans, ni à 30, ni au moment où ils cessent d'être fonctionnels.

Une femme stérile est-elle moins une femme ou pas une femme ?

Dans ce corps de femme se trouvent un esprit, une histoire, des envies... quelqu'une.

Capable et désireuse ou pas de se reproduire.

À la ménopause aussi, que l'on soit mère ou qu'on ne le soit pas, il faut encore que nous libérions les femmes de leur anatomie !

Un homme qui a des problèmes d'érection sort-il du rang des hommes ? Entre-t-il dans le tunnel du silence, devient-il invisible ? Si je me fie aux âges des divers ministres de l'Éducation nationale de la Ve, aux classements Forbes, aux photos du G7, aux pontes de la médecine, bref au monde comme il est, le mâle de 50 ans et plus est bien bien présent. On pourrait user de la litote !

Hypothèse : un homme qui prend du ventre est moins séduisant, donc attire moins, donc se reproduit moins, et donc est moins un homme.

Ou encore : un homme qui a les cheveux blancs est moins fort, moins habile, défendra donc moins bien ses femmes, et donc est moins un homme !

Qu'en pensez-vous ?

Un homme qui cuisine reste-t-il un homme ?
Ah non ! Il devient *chef* !

Un homme qui vieillit doit-il arrêter de porter des bermudas moches à poches avec des tee-shirts baggy ?
Oui ! Mais il n'aurait jamais dû commencer... Ça ne compte pas. En revanche, il n'a pas d'obligation sociale à se faire greffer des cheveux ou à soigner son ronflement !
Ça, ça compte !

J'ai grandi dans un petit village des Landes, Montgaillard. Chaque dimanche après-midi de mon enfance, j'étais avec une mère qui, devant les émissions de Jacques Martin, repassait des montagnes de linge. Les chemises de mon père, qui travaillait et vivait à Paris la semaine, les vêtements de Jacques, mon frère, et les miens ; pensionnaires, nous partions le dimanche avec du linge pour notre semaine, jusqu'au week-end suivant.

Chaque dimanche, en compagnie des enfants qui chantaient sur le plateau de « L'École des fans » et de l'odeur ô combien caractéristique de la vapeur du fer à repasser, j'ai entendu ma mère me dire : « Ne fais pas comme moi, gagne de l'argent, sois indépendante. » Une litanie, martelée systématiquement pendant trois ou quatre heures. Chaque dimanche. Pendant onze ans.

Mes parents ont divorcé quand ma mère devait avoir 50 ans. Mère au foyer après n'avoir eu qu'un emploi, elle est repartie de rien. Elle s'est remise sur le marché du travail, du jour au lendemain, et l'exemple qu'elle m'a donné est époustouflant. Elle a fait carrière, jusqu'au poste d'assistante de direction. Ma mère était une mère atroce et une femme exceptionnelle. J'ai toujours pensé que les femmes de sa génération – elle est née en 1938 dans une famille aristocrate de province – avaient décroché le pompon avant de devoir le rendre. Ma mère, jeune femme, avait travaillé chez Ogilvy, une agence de com'. Une fois mariée et mère de famille, la maison est devenue son activité unique et principale. Fini de jouer !

Je ne sais pas à quel point cela lui a été imposé, si elle s'est rangée à ce que la société demandait aux femmes de l'époque, de façon consciente ou non, mais je sais avec certitude qu'elle l'a amèrement regretté. Et qu'elle a fait une dépression, comme chacune de mes tantes. Avoir un travail, c'est avoir un ailleurs, une autre version de soi-même, un autre regard posé sur soi que celui de son conjoint ou de ses enfants, une vie sociale en dehors du cercle familial et, bien sûr, un salaire. Ma mère n'avait pas ça. De l'allure, du caractère, du chien, oui ! Mais aucune indépendance. Et une grande solitude. Qu'est-ce qu'elle était seule ! Pourquoi l'a-t-elle accepté, d'abord, puis subi longtemps, je ne saurais le dire précisément, mais je vois bien que toutes les femmes de son âge et de sa classe sociale étaient dans la même position : une de mes tantes a été la première femme française diplômée d'une licence de droit, ce qui lui a permis… d'élever quatre beaux enfants.

Les femmes de cette époque travaillaient mais leur salaire servait essentiellement à la famille, carburant du ménage avec un complément du mari, qui disposait, lui, du solde de son salaire pour faire ce qui lui chantait !

Depuis le milieu des années 90, avec l'arrivée des générations d'après-guerre, la multiplication des divorces, et donc la nécessité pour une femme de gagner son pain, avec aussi le taux plein à la retraite, plus long à obtenir pour les femmes que les hommes, les quinquas sont de plus en plus nombreuses sur le marché du travail.

La manière d'utiliser nos salaires a profondément changé par rapport à nos mères. La mutation est évidente. Quand elles payaient le tout-venant, le quotidien, les courses, la santé et les enfants, les maris, eux, payaient les traites de la maison ou de l'appartement, si bien que, si et quand le divorce survenait, nos aînées étaient fichues ! Difficile de quitter le domicile familial lorsque tous ses deniers ont été dilapidés dans du papier toilette, des cahiers et des choux de Bruxelles.

L'argent, donc, doit être gagné et utilisé pour soi, pour garantir sa liberté.

Désormais, quand nous sommes mariées, nous le sommes de plus en plus sous le régime de la séparation des biens. Et le modèle « mariage » lui-même a collapsé ! L'institution du paterfamilias se dissout dans des confins obscurs que nous regretterons quand nous aurons cinq minutes – donc jamais. Avec lui s'évapore le concept du patrimoine lié au mariage.

Nous avons retenu la leçon. Notre argent, c'est notre argent, et si l'on continue à faire compte joint, chacun met au pot de manière équitable. Celui qui gagne le plus, l'homme dans la plupart des cas, met davantage. Plus en tant que paterfamilias mais dans un souci d'égalité qui devrait être évident !

Alors que faisons-nous de notre argent ?

Nous sommes celles qui achetons le plus de vêtements, davantage que les 15-24 ans.

La part des loisirs, des services et des transports augmente. Je ne suis pas sociologue, mais je peux en déduire que nous nous faisons plaisir, passons du bon temps, avons recours à des aides, assistances et simplifications diverses et, enfin, nous voyageons ! À côté de chez nous comme à l'autre bout de la planète.

Je suis, dans le domaine de l'argent, atypique. Il était évident pour moi que personne, jamais, ne paierait mon loyer. Compter ou se reposer financièrement sur quelqu'un d'autre m'a toujours semblé irresponsable. De même que, depuis toujours, je pense l'après-travail. Il est fort probable qu'avoir vu ma mère devoir tout construire à partir de ses 50 ans, sans possibilité d'obtenir une retraite – trop peu de trimestres cotisés – et dépendante de la pension de réversion de son ex-mari, mon père, alors qu'ils se haïssaient, ne m'ait pas laissée indifférente. Toujours et y compris au-delà de la mort, attachée à… !

J'ai donc tout de suite gagné de l'argent. À 18 ans je travaillais et à 21 je payais mon loyer. Et j'ai poussé le bouchon, comme ça ma position était claire : je n'ai *jamais* été avec un homme qui gagnait plus d'argent que moi.

Parce que j'en ai beaucoup gagné, et parce que je n'aurais pas assumé. Puisque l'argent est un sujet déterminant de l'indépendance, de la puissance et du pouvoir, de l'importance que nous avons, alors je l'ai fait mien. Je ne le leur laisse pas !

Évidemment, je sais que l'argent ne donne ni qualités, ni amour, ni rien de ce qui constitue la richesse d'une personne.

Mais l'argent confère une aura, une position. C'est aussi ridicule que réel. Ça compte.

J'ai un jour testé la puissance de l'argent. Dans un dîner, ces messieurs un peu à l'écart parlaient entre eux de choses sérieuses, et avec des airs graves révélaient leurs salaires sur le ton de la confidence. Par leur attitude entière, ils signifiaient à toutes que c'était une conversation entre gens sérieux, entre gens qui comptent, entre hommes, quoi. Ça m'a piquée.

Ils étaient bien payés. Je l'étais mieux qu'eux. J'ai rejoint le concours de quéquettes.

De manière un peu grossière, je suis intervenue dans leur conversation pour leur claquer le beignet en donnant mon salaire. Pathétique, n'est-ce pas ? Je ne voulais plus savoir en silence, laisser dire n'importe quoi en l'acceptant, laisser vivre l'illusion de la puissance alpha au détriment de l'évidence.

Que s'est-il passé ?

Ils ne m'ont pas crue ! J'avais plus de 40 ans et je n'étais pas crédible, mais déplacée et ridicule. Hystérique en somme !

L'argent met beaucoup de distance. C'est un marqueur fortement genré. Une femme qui a de l'argent est soit une héritière, soit une « exceptionnelle réussite », dit avec un air convenu, en baissant la voix, genre « on se comprend, c'est rare » !

J'ai toujours su la somme plancher que je voulais obtenir lors de mes entretiens d'embauche. J'ai toujours accepté d'être payée d'abord « pour voir », puis augmentée si ça allait. Mais j'ai toujours calibré mon salaire de base sur celui des autres. Quand j'ai remplacé des hommes dans leur job, j'ai demandé leur salaire à mes employeurs. Sans m'excuser. Je suis allée jusqu'à faire la grève pour être payée ce que je pensais être juste. J'étais prête à quitter le job s'il le fallait. C'était « Les Maternelles ».

J'avais démarré l'émission avec un petit salaire journalier. Les audiences étaient bonnes et rapportaient beaucoup d'argent à la régie publicitaire de la chaîne. Le succès était là et moi j'étais au salaire des débuts. On m'a expliqué que le service public avait des grilles et que je devais entrer dedans, on m'a parlé du contrôleur d'État qui pourrait se fâcher. Mais si d'autres étaient plus payés que moi, le contrôleur faisait-il ses contrôles au faciès ? L'argument est tombé. Je me suis alors comparée à un autre animateur de la même chaîne, qui faisait lui aussi une quotidienne, de la même durée que la mienne (un peu plus courte, même). J'ai demandé à avoir le même salaire qu'Yves Calvi qui commençait « C dans l'air ». La conseillère de programme de la chaîne, attachée aux « Maternelles », a écarquillé les yeux et, le souffle court, m'a fait cette réponse mythique que je n'oublierai jamais : « Mais il a fait des études, il est journaliste ! »

Mais ma chère, ce qui est fou, c'est que pour toi il est tellement induit qu'au prétexte que je suis une femme qui de surcroît fait une émission de « bonne femme », je n'ai pas fait d'études et je ne le vaux pas ! Ma demande est irrévérencieuse, déplacée, arrogante, invraisemblable. Pour qui te prends-tu ?, en un regard.

J'ai obtenu mon augmentation, et quelques frais rétroactifs, que je suis allée dépenser avec la red' chef et mon acolyte à l'antenne, Nathalie Le Breton.

Aujourd'hui, je ne gagne plus d'argent, et donc pour la première fois de nos vingt ans communs, mon mari en gagne plus que moi. À ma grande surprise, c'est très agréable. Mais je continue (parce que j'ai la chance de le pouvoir) d'assurer le loyer pour tout le monde.

Comme prévu, personne, jamais, ne payera le mien !

La place de l'argent dans nos vies évolue : 50 ans est l'âge auquel nous gagnons le plus d'argent, en France 31 370 euros en salaire annuel moyen. Si nos salaires restent toujours inférieurs à ceux des hommes, ils sont au plus haut à ce moment-là de nos carrières.

Nos jobs sont souvent à temps partiel, souvent en sous-emploi, car nous acceptons davantage que les hommes des jobs qui nous correspondent moins. À 50 ans, nous sommes donc moins au chômage et plus avec des jobs dont nous ne voulons pas, payées davantage que nous ne l'avons jamais été et ne le serons jamais plus.

Si les annonceurs voulaient bien s'en rendre compte, nous sommes 9 millions de femmes à qui personne n'adresse la parole ! Nous avons l'argent et le temps, pourtant !

On est « senior » à 45 ans. Bon, déjà, c'est mal parti. On franchit le seuil « senior » à la moitié de notre vie – car notre génération va vivre peu ou prou jusqu'à 100 ans. Ce qui veut dire que pendant la moitié de notre vie, nous allons être vieilles !

Autour de mes 38 ans, j'ai commencé à penser la gestion de l'âge. Dans mon métier de représentation, j'avais l'idée que pour rester à l'antenne, « il fallait que je m'achète un cerveau », autrement dit que je passe du statut d'animatrice (jolie) à celui de journaliste (intelligente), car seules les journalistes, et en particulier les journalistes politiques, vieillissaient à la télévision. J'emploie le passé car il existe désormais plusieurs contre-exemples : de nombreuses femmes de 50 ans et au-delà sont à l'antenne.

Je me suis entendue dire : « Je ne veux pas me voir vieillir à la télé. » Aujourd'hui, je le regrette mais à l'époque, je le pensais. L'image que j'ai de moi depuis trente ans ne sort pas d'albums de photos de famille mais de plateaux de télé ou de shootings de presse. Ce qui veut dire : maquillage et lumière. Mais j'ai toujours refusé d'être coiffée et je n'étais que très peu maquillée. C'était pour moi douloureux d'être transformée, je tenais à rester moi-même, le plus possible. Le maquillage était tout de même une armure, dont j'avais besoin, mais il fallait qu'il soit léger. Je me remercie tous les jours car si j'avais été maquillée davantage, je ne supporterais pas mon visage aujourd'hui.

Je sors aujourd'hui souvent sans maquillage et quand j'en porte c'est du rimmel et du rouge à lèvres. Le rouge à lèvres, j'en mets même quand je suis seule. J'adore ce geste magnifique. Une femme qui met du rouge à lèvres est souveraine !

C'est compliqué de voir la gravité exercer son poids sur l'ovale du visage, sur les paupières. Cet air fatigué qu'on attrape et qui nous range dans la catégorie dont le nom porte la violence qu'il reflète : « tapée », reflet de l'injonction faite à la femme de d'abord et avant tout faire envie. Comme un gâteau. Appétissante. Fraîche. Prête à être servie.

Suis-je moins belle ? Je suis plus floue aux contours, plus épaisse, mais suis-je moins belle ?

J'ai posé la question à mon mari par téléphone. Je l'ai prévenu que j'allais lui poser une question compliquée. « Suis-je moins belle ? » Il a ri, comme quand il sait que les problèmes arrivent et qu'il vaut mieux qu'il s'équipe avec ceinture et bretelles !

Quelques semaines plus tard, il m'a répondu. « Tu as vieilli et tu es une belle femme. » Mon mari m'a toujours regardée de la même manière. En ces vingt ans de vie commune, il m'a vue avec parfois 10 kilos de plus, 15 kilos de moins, et si je voyais bien que la version mince de ma personne flattait son ego, jamais il n'a arrêté de me regarder avec envie et sourire. Jamais il ne m'a dit quoi que ce soit qui m'ait diminuée ou blessée. Son regard concupiscent m'a pesé parfois, mais son corollaire est aussi vrai : il m'a fait me sentir belle, désirée, et aimée. Je me suis beaucoup défendue d'être un objet de désir tant j'avais pu me sentir réduite à ça par d'autres à qui je ne demandais rien. Mais je regrette de ne pas avoir été capable de gérer différemment avec lui. C'est dommage. J'aurais aimé être capable, libre d'être ultra-féminine. Je n'ai ni eu la force ni trouvé le moyen d'assumer ou même simplement de laisser vivre ma féminité. Elle m'embarrassait par la crainte fondée d'être réduite à elle…

C'est dans un miroir de plus en plus petit que je me regarde. Pour voir mes rides, mon flou, le gras, les pattes d'oie, le sillon nasogénien, les cheveux blancs sur les tempes, et… c'est à la loupe que je guette les poils du menton. On ne nous l'avait pas dit, ça… Oui, je les avais bien vus sur ma mère, mais à aucun moment on ne m'a dit clairement que si ma mère en avait, alors moi aussi j'en aurais !

Les hommes, eux, c'est dans les oreilles.

En touffes !

Mon regard a l'air fatigué, ce sont les paupières qui tombent un peu et les cernes qui sont toujours là. Mon teint est beau. Seules mes tempes ont quelques cheveux blancs, et bien sûr, j'aimerais en avoir plus, luxe que se permettent celles qui n'en ont pas trop.

Ma peau est fine et le contour de ma mâchoire devient flou avec des sortes de mini bajoues qui se font sur le maxillaire inférieur. Je regarde aussi les rides du cou qui, sans prévenir, du jour au lendemain, sont devenues profondes, hyper visibles, comme des ravines en montagne, le blanc de mon œil, mes dents. C'est une rencontre avec mon visage analytique et froide, comme une description érotique dans un livre de Bruno Le Maire.

Après il y a le corps…

Physiquement, ma stature m'a toujours donné de la prestance. En ai-je moins ? L'ai-je perdue ? Le mou affadi. Adieu tonicité, élasticité, beauticité ! La peau sèche et craquelle et puis un jour, elle est flétrie. Ces milliers de rayures bien visibles par exemple sur les mains. La main est le thermomètre du vieillissement, elle nous montre ce que nous allons devenir. Alors oui, je suis moins, moins tonique, moins élastique ! Mais je suis toujours bien proportionnée. Élégante quand je rentre le ventre. Avec de l'allure. L'allure, Mesdames, c'est dans la silhouette…

En maillot : deux pièces en ce qui me concerne, mais acheté il y a plus de dix ans, en taille 46, et donc dès le départ beaucoup trop grand. Je garde quand même toujours précautionneusement mes mini bikinis en liberty, n'arrivant pas à comprendre comment j'ai pu un jour rentrer dedans.

Je n'ai jamais appartenu à celles qui sont à l'aise avec leur corps. Le mien m'a toujours trahie. Belles proportions mais cellulite ! Et donc jamais de jupe, jamais de short et toujours le pensum de l'été et du maillot de bain. Je n'ai jamais eu la carte de la fille bien faite, faite comme la société l'attendait. J'ai donc toujours souffert de mon corps. Toujours ! Et ça continue ! Je continue !

Et nous abordons là un gros sujet : *doit*-on, *faut*-il nous entretenir ? Ou au contraire, doit-on, faut-il, enfin *lâcher l'affaire* ?

« À un certain âge, c'est tes joues ou ton cul ! » C'est vrai. Une ronde aura moins de rides. Une mince n'aura pas un boul de l'espace.

Je suis toujours attristée quand je croise des femmes, y compris de 80 ans et plus, dont je vois combien elles sont minces et même parfois maigres, et je constate que nous valorisons cette image, bien que nous sachions toutes qu'elles s'affament ! Mais pourquoi s'infliger la faim, la privation des plaisirs, la diète, le régime ?

Pour séduire qui ? Soi-même ? Un autre ? Et jusqu'à quel âge ?

Pour continuer d'être à la hauteur d'une représentation sociale ?

Une femme ne saurait être grosse, ou grasse, ou épaisse ?

Qu'est-ce que les femmes s'infligent entre elles ! Ça m'a toujours choquée.

Et pourtant je scrute à fond mon corps et je rentre à mort le ventre. Le sens général de la marche est définitivement vers le bas. À part le sport, et encore – il n'empêche pas la gravité –, le seul vrai truc qui marche, c'est le sourire ! Les joues et l'ovale remontent subito. Et on peut aussi ouvrir grands les yeux, comme quand on est étonnée ! Les paupières tombantes prennent l'ascenseur presto.

Cet été, excédée par moi-même, j'ai décidé de vivre sans me soucier de mon corps. J'ai décidé que pendant quatre semaines je ne laisserais pas la préoccupation du paraître prendre le pas sur mon esprit. J'ai acheté un short, ce dont j'avais envie depuis des dizaines d'années, et je l'ai porté ! Quand j'étais en maillot, je ne mettais pas de paréo pour bouger, aller ouvrir la porte.

J'ai du mal à mettre les justes mots sur la sensation que cela m'a donnée. Je pense que cet été-là a été à la fois une réussite, car la liberté et l'insouciance que j'ai ressenties sont évidentes, et un embarras, car j'ai réalisé à quel point, pendant toutes ces années, presque quarante ans, j'ai subi mon corps et le regard que je posais sur lui. Je n'arrive pas à mettre cela derrière moi. C'est pénible, humiliant. Peut-être parce que ça continue, malgré mon élan de liberté. S'accepter, s'assumer, mais aussi se tenir, ne pas se laisser aller. Les deux pendants vivent en moi et ne sont pas contradictoires. La discipline ou l'exigence ne sont pas les opposés de l'acceptation de nous-mêmes. Tant que, en conscience, nous nous fixons notre propre périmètre, fût-il dicté par l'extérieur… Si cela nous va, cela nous va !

Je suis les posts sur Instagram de Danae Mercer. Elle répond à la question de la perception du réel. En janvier 2024 elle fait la une du *Time Magazine*. « Comment je suis devenue virale ? J'ai pris une grande inspiration et j'ai montré ma cellulite. »

Comment, avec le même corps, puis-je sembler absolument parfaite sur une photo et parfaitement défaite sur l'autre ? Jambes de rêve puis jambes réelles. Sans retouches, seulement des modifications de postures. Danae Mercer est suivie par 2,3 millions de femmes, à qui elle donne de la force, de l'air, le tout sous l'œil de son mari qui accompagne cette femme revendiquant ne pas être un canon de beauté et dont il semble irrémédiablement amoureux. La liberté des femmes, quand elle ne fait pas peur, est une arme de séduction massive ! En ce qui me concerne, j'ai vite compris que les hommes dans nos vies ne nous voient pas comme nous nous voyons ! En revanche, nous sommes souvent suffisamment stupides pour leur énumérer tous les défauts que nous trouvons avoir. Alors, pour que ce soit clair une fois pour toutes, ton mari, mec, copain n'est pas ta copine : il voit la version augmentée de toi-même, et si tu ne lui demandes pas tous les quatre matins s'il ne trouve pas que tu as grossi, tu peux prendre 7 à 8 kilos, tranquille ! C'est magique !

Le regard des autres… Quel sujet ! Ceux qui t'ont connue il y a longtemps et qui te voient vieillir. Ceux qui te rencontrent et qui te trouvent « encore » belle. Ceux que tu croises et pour qui tu vois bien que tu n'existes pas. Tu es leur mère ou parfois leur grand-mère. Alors que toi tu les trouves jolis. Ceux que tu vois vieillir et qui, de ce fait, te font l'effet du boomerang ou le coup du miroir !

Est-ce qu'on me regarde encore ? Le regard de l'autre glisse sur moi. Je sens bien que les filles de 30 et 40 ans captent les regards. Évidence du temps qui passe. Et moi, à côté.

Effacée de fait par les attitudes de chacun. Je suis démunie devant cela. Quand bien même je ne me soumettrais pas aux stéréotypes dont on m'affuble, je ne peux pas les effacer du regard des autres ! Ils continuent de me penser. Ils trouvent simplement de nouveaux adjectifs. Extravagante. Originale. Elle a du caractère, dis donc !

Vieillir, c'est dehors ! Dedans, on a toujours le même âge ! Je continue d'avoir les mêmes comportements inappropriés, singuliers, étranges depuis l'enfance. À 30 ans ils me faisaient paraître libre. À 45, ingérable. À 55, excentrique.

Un été, autour de mes 50 ans, au Portugal, je vois à une table deux beaux gosses, 25 ans, à qui je manifeste clairement que je les trouve beaux. Je leur adresse un message entendu : « Sexy, libres pour dîner ? » et je passe mon chemin. Je le fais pour rire, parce que je le pense et que pour moi ça n'engage à rien ! J'ai toujours été comme ça, je ne m'en félicite pas, mais je ne vois pas pourquoi je ne devrais pas m'autoriser à saluer la beauté chez l'autre. Cela n'induit pas que je veuille coucher avec eux, mais je les trouve sexy et c'est sans conséquences pour moi de le leur dire. (#MeToo, débrouille-toi avec ça !)

Ces deux garçons sont venus me rejoindre à la table où je m'étais installée avec mes amis pour me dire qu'ils étaient pris mais que leur père, lui, était libre. Silence dans les rangs. Il en faut de l'autodérision pour raconter cette anecdote ! Ça m'a vexée. Ça m'a gênée. Non, ça m'a humiliée. Leçon retenue. Je n'ai plus 20 ans.

C'est pénible, mais ce n'est pas entre mes mains, le regard de l'autre décide pour moi. Et à déconstruire, c'est coton ! On peut se défaire mais comment défaire les autres ? Je suis en territoire inconnu, je n'ai pas de modèles si ce n'est ceux qui ne me correspondent pas. Que faire alors, à part trouver en soi ce sentiment de la colonne d'air droite qui nous laisse penser que nous sommes au bon endroit ?

Pourquoi devrais-je arrêter de mettre mon kilt minijupe ? Ou mes bottes en vinyle avec des talons de 16 centimètres ? Hormis le fait qu'elles me font atrocement mal aux pieds ? Parce qu'une femme d'un certain âge n'a pas à être séduisante ?

Donc : un pantalon et une blouse ? Avec un gilet ?

Un col claudine ? Une chasuble ? Une combi de ski ou de plongée ?

Ces questions interrogent bien la situation où nous sommes. La ménopause nous met hors jeu de la drague. K.O. technique. Un aller sans retour, Mesdames. C'est fini pour nous, on ferme le magasin et on se repose. On vieillit tranquille, pépouze ! Et puis, de toute façon, on n'a plus d'envies, c'est bien connu ! Pourtant l'envie est là, forte, belle et maîtrisée. Connue et toujours magique.

Avant d'avoir moi-même 50 ans, voilà comment je voyais les femmes de cet âge : abouties, finies, élégantes, droites. Un peu grandioses ! Allemandes aussi ! Marlene Dietrich, Romy Schneider, Nina Hagen. Et américaines : Gena Rowlands, Jane Fonda. En France, Gisèle Halimi, Françoise Giroud, Simone Veil, la comtesse de Ségur.

Ma quinqua a toujours été élégante, le menton relevé, le regard assuré. Elle porte un imper Burberry et un sac, lieu de son mystère. Je suis fascinée par le contenu des sacs des femmes. Les objets d'une vie et toujours un parfum. Ces femmes sont construites par elles-mêmes, des pieds à la tête, cérébrales, cultivées, intelligentes. Mystérieuses et puissantes. Sexy !

Mes héroïnes sont là depuis toujours, je peux compter sur elles, et c'est précisément la raison pour laquelle je les aime !

George Sand, pour son prénom et l'affirmation de sa liberté.

Jo dans *Les Quatre Filles du docteur March*, pour son prénom et l'affirmation de sa liberté.

Marlene Dietrich, pour son prénom et l'affirmation de sa liberté.

Maria Callas, pour son prénom et l'affirmation de sa liberté. Et son destin tragique, son courage !

Comme Alma Mahler, Alexandra David-Néel, Rosa Parks.

Comme Virginie Despentes, Alma Reville, la femme d'Hitchcock.

Des femmes qui font des choses immenses déguisées en actes du quotidien. Chapeau. J'espère en être.

Un petit mot sur les icônes : Ava ou Marlene, ces femmes extraordinaires, hors normes de beauté et de force. Le corollaire de leur statut : la solitude. Totale. Elles paient le prix d'être intouchables en n'étant pas touchées.

Et bien sûr Marilyn ! Elle a si bien su incarner l'idéal féminin qu'elle n'a jamais pu être elle-même. Nous ne lui avons jamais autorisé.

Je fais le marché chaque week-end pour le plaisir de la cuisine, des produits et des relations sociales extrêmement fortes que cela induit. Au marché, on a une place singulière, un lien avec ses commerçants. Une appartenance sociale, un point d'ancrage.

Un beau jour, je ne sais pour quelle raison ni à la suite de quoi, j'ai vu deux femmes de 35/40 ans et j'ai ressenti, physiquement, qu'elles étaient à ma place. Elles avaient pris ma place et donc ça n'était plus la mienne ! Je n'étais plus à celle que j'avais occupée jusque-là, j'en étais exclue, c'était désormais la leur. D'un instant à l'autre, ma place était perdue, celle que je m'attribuais appartenait à une autre de manière absolument évidente et sans retour. Et la mienne était invisible. C'était arrivé à mon insu, je n'avais rien vu venir. C'était totalement exogène et je subissais, impuissante. La gêne, l'embarras que j'ai ressentis sont toujours vivaces. J'ai eu honte. J'ai eu honte de m'être pensée encore quelques instants plus tôt à une place qui n'était plus la mienne. Je me souviens parfaitement avoir regardé autour de moi pour vérifier si les autres avaient vu, eux aussi, et j'ai fait un geste incroyable, un geste que l'on ne voit que dans les films : les bras ballants, j'ai essuyé mes mains, à plat, sur mes cuisses. Comme quelqu'une qui prend la mesure de son infériorité.

Je me suis sentie reléguée à un autre espace et j'étais embarrassée non pas de l'être mais de ne pas l'avoir compris. J'étais en faute, grotesque, voulant me faire passer pour qui je n'étais plus.

Je ne pensais pas avouer un truc pareil. Mais je l'ai vécu et l'amertume est un goût dont on se souvient.

J'ai continué mon marché, à cette place nouvelle que je ne me connaissais pas. Celle de la femme plus à sa place. Sans place.

J'ai ressenti cela. Exactement cela. Et personne n'y peut rien. Ce n'est de la faute ou du fait de personne.

J'aimerais élaborer, expliquer, décortiquer ce qui s'est passé ce jour-là à cet instant-là, mais à part vous dire que j'ai peut-être simplement réalisé que je n'avais plus 30 ans ni même 40, et que c'était fort désagréable, je ne saurais pas quoi écrire de plus éclairant. Vivre ça au milieu des autres. Ça m'a coupé les jambes.

Mesdames, combien d'entre nous ont grandi avec une fenêtre hors de la culture de ce qui est déjà ?

Dans l'enfance et l'adolescence, on nous a parlé d'Olympe de Gouges, de Charlotte Corday, de Marie-Antoinette, mais nos livres sortaient de la Bibliothèque rose ou du *Club des cinq*. *Alice*, pour les plus intrépides. Et les grands textes ? Montaigne, Pascal, Ronsard, La Fontaine. Mâles alphas. Petite, j'allais chanter *La Marseillaise* devant le monument aux morts. On m'a appris que ma grand-mère n'avait pas droit à un chéquier et obtenu, après la guerre, celui de faire des études, de voter et de conduire. Cette femme qui a gagné ses acquis, qu'a-t-elle transmis à sa fille qui deviendra ma mère ? « Serre les dents, sois gentille. » Puis ma mère a transmis à son tour. Le dimanche devant des piles de linge à repasser. « Ne fais pas comme moi, sois autonome, gagne ton argent. »

Aucune trace, à mon époque, dans les écoles, dans les bibliothèques personnelles et dans les relations mère-fille, de Simone de Beauvoir, de Gisèle Halimi, de Delphine Seyrig, des grandes femmes qui ont fait bouger notre condition. On a un peu parlé de Simone Veil mais dans la crainte, pas dans la démonstration de la force conquérante. Elle a pourtant tout conquis.

Pourquoi l'Éducation nationale des années 80 et 90 n'imposait-elle pas qu'on étudie Beauvoir ?

Dans *Le Deuxième Sexe*, Beauvoir dit tout : la femme ne naît pas femme, elle le devient. Notre corps nous définit. Le corps de la femme est son tout. Son sexe l'assigne à une condition, à une fonction, à un avenir. Déjà tracé. Simone de Beauvoir défait tout ça dans les années 50 et 60. Pourtant, en 2023, nous y sommes encore pour celles qui sont ménopausées. Pourquoi ?

Ma mère a-t-elle lu Beauvoir ? Si oui, pourquoi ne m'a-t-elle pas transmis ce livre ? Si non, pour quelles raisons est-elle passée à côté ?

J'ai 18 ou 19 ans quand Simone de Beauvoir meurt. Et je ne le sais pas. Je ne la connais pas.

Ce n'est pas un événement dans ma vie. Étais-je inculte, réduite à l'ignorance, ou était-ce réservé à quelques-unes ?

Pourquoi ai-je découvert la plaidoirie de Bobigny de Gisèle Halimi à 50 ans, un soir au théâtre ? Pourquoi ce texte n'était-il pas au programme scolaire lui aussi ? Je parle d'un texte court, parfaitement construit, brillant, ciselé et tout à fait abordable, aujourd'hui enseigné en troisième : « Est-ce que vous accepteriez, vous, Messieurs, de comparaître devant des tribunaux de femmes parce que vous auriez disposé de votre corps ?… Cela est démentiel ! »

Il faudrait une vie pour défaire, quel que soit l'endroit d'où l'on part ? Alors notre âge, nos 50 ans, deviennent un rendez-vous, pour questionner et faire un pas de géante. Une bénédiction.

Mais bien sûr, pourquoi ralentir la marche du monde des femmes ? Pourquoi attendre 50 ans ? Il faut aider la génération suivante à accéder à l'âge où elle peut défaire encore un peu plus tôt.

Qu'elles soient alertées, informées, avisées et donc conscientes et libres plus tôt. Formidable liberté !

L'amour et le sexe n'ont rien à voir. L'amour se construit, grandit, se solidifie. Le sexe est un continent et il est exploré ou non, arpenté ou non, appréhendé ou non. Faire des généralités sur l'amour, c'est possible. Sur le sexe, je ne crois pas. C'est un chemin personnel dont le démarrage me semble déterminant et dont l'évolution repose sur de nombreux critères. Certaines disent qu'en la matière, nous sommes à 50 ans le résultat de ce que nous avons vécu jusque-là. Je ne crois pas.

Ma libido, je l'ai fortement ressentie à la ménopause avec le déséquilibre hormonal. Je me souviens m'être dit : « Ah mais c'est ça être un garçon ?! Je les comprends beaucoup mieux ! » Je n'avais qu'une seule obsession, H 24, je pensais avec un feu intérieur, une nécessité, un appel, à coucher, à dévorer, à baiser ! C'est le mot juste ! Je n'avais jamais ressenti un tel élan avant. Du désir, de l'excitation, de l'envie, du plaisir, oui, mais une nécessité, un appel impérieux, jamais ! Est-ce parce que ma libido était faible ? Est-ce culturel ? Suis-je trop cérébrale et pas assez physique ? Est-ce un goût ? Une nature ? Une construction ? Une désaffection ?

Ma vie sexuelle a été en dessous de mes aspirations, c'est certain. Mais y ai-je mis assez d'ardeur ? Pas sûr. Ai-je accepté que j'étais là pour servir le plaisir de l'autre ? Entièrement ! Me suis-je oubliée au passage ? Pas vraiment, mais c'était aussi à l'autre en face de me prendre en compte, ce qui n'a pas souvent été le cas. Me suis-je beaucoup bagarrée ? Non, car j'ai beaucoup espéré. Ai-je eu tort ? Probablement !

J'aimerais écrire ici que j'ai conquis une sexualité libre, décomplexée, facile, légère. Ce n'est pas le cas. Je trouve le sujet complexe, grave et pour tout dire compliqué.

Par ailleurs, la masturbation est une amie gracieuse, une compagne assurée.

Ma première fois m'a laissée effarée et interdite, avec un garçon qui a demandé à m'appeler

Constance, le prénom de son ex. J'avais 18 ans et je me souviens très précisément de la scène. Il avait ajouté : « Je te donnerai des Carambar. »

Dans ce moment infiniment fragile, censément de don et d'échange, il a pris, s'est servi, s'est occupé de lui. La seconde expérience m'a laissée enceinte et seule. J'ai donc avorté et je tiens à écrire ici que ça n'a pas été un traumatisme mais une solution, un soulagement. Et j'ajoute que le droit à l'avortement a sa place dans la Constitution. Deux millénaires nous ont appris que nos droits sont toujours fragiles et questionnés. Nous n'avons pas les moyens de faire confiance.

Difficile après ces débuts de poser la sexualité sur la carte de l'émancipation ! Pourtant, tout était encore entre mes mains. Mais je n'ai pas été capable, ou je n'ai pas fait ce choix-là. Je ne suis pas certaine de ce qui s'est passé. J'ai toujours eu du désir, des fantasmes, de l'envie. Simplement, l'importance du plaisir n'est jamais descendue dans le réel !

Étais-je occupée à d'autres choses ? Ma position de « pouvoir » a-t-elle impacté ma sexualité ? Assurément. J'étais pour les hommes terra incognita, une femme mystérieuse, forte et donc à craindre, non pas à approcher. Une image, bien davantage que quelqu'un !

Suis-je à un moment où je pourrais la reprendre en main ? Absolument ! En ai-je envie ? Je crois que oui.

La sexualité florissante, le plaisir à tout prix, l'épanouissement obligatoire m'exaspèrent. Nous sommes passées du devoir conjugal à l'injonction des plaisirs conjugués ! Je préfère passer à table et avoir une conversation que passer au lit et avoir un orgasme. Propos de mal baisée ou liberté personnelle. À vous de vous faire votre idée.

Restons sur l'injonction au plaisir, portée, politisée et revendiquée par la presse féminine : on n'y élabore pas la place du désir et du plaisir, on n'y déconstruit pas les chemins, on n'écrit pas sur les difficultés. On enjoint aux orgasmes libres. La femme conquérante de son plaisir, sans aucun complexe ou arrière-pensée. Les cérébrales, les inquiètes, les dressées à servir le plaisir de l'autre n'ont qu'à passer de ça à Wonder Woman de l'orgasme !

Le plaisir est un voyage à deux. Qui que soit l'autre et y compris pour un soir. Dans un couple, deux décennies m'ont appris que c'est une conversation qui n'a pas de conclusion. Un dialogue qui peut toujours reprendre et surprendre. Mais ce qu'il faut de liberté, de confiance, d'abandon des pudeurs imbéciles, de courage pour pouvoir être à nu face à la personne qu'on aime.

Aujourd'hui, quand je me demande quelles expériences nouvelles j'aimerais faire, je me dis que j'aimerais coucher avec une femme et m'inscrire sur des applis. Connaître la liberté de la rencontre pour ce qu'elle est, débarrassée des conventions. L'intelligence libre du corps.

De tout temps, certaines femmes ont su le faire. Elles ont osé mettre le corps et le plaisir dans leur vie. Elles ont toujours été à la marge. De la Du Barry à Brigitte Lahaie, ces femmes qui font du plaisir un acte politique ont toujours fasciné et inquiété toutes celles qui restaient dans le rang. C'est si rassurant de trouver vulgaires celles qui sont libres !

Lorsque je faisais la Matinale sur Canal +, je me levais à 4 h 30. Je l'ai fait pendant quatre ans, de 40 à 44 ans. Et depuis, je ne dors plus comme avant. Je suis insomniaque et je dois dire que j'aime assez ce que la nuit m'offre. Je deviens la passagère clandestine de ma propre vie. L'insomnie raccourcit le sommeil et l'âge allonge les journées en les faisant commencer tôt. Je vis davantage la nuit, en posture clandestine, en coulisses de ma vie, sans bruits, sans personne, plus libre que le jour. Sans demandes extérieures, sans avoir à être efficace. Ne rien faire, rien à faire : un véritable art de vivre. Mes réveils la nuit sont devenus des amis. Les accepter les transforme en cadeaux. Ils sont les bienvenus. Ils sont des moments uniquement à moi.

Je me suis définie par mon travail pendant des années. Le travail a été le lieu de ma liberté, du moi en devenir, le tour de potier sur lequel je me suis cherchée, façonnée, fabriquée. C'est dans mon travail que j'ai grandi.

Le travail était pour moi le seul endroit d'égalité, où ce que j'allais faire était décorrélé de mes manquements supposés, et où seules mes qualités et compétences comptaient. Les femmes savent la valeur du travail plus que les autres, elles partent avec moins de chances que les hommes et ressentent le chemin parcouru, la mesure dans laquelle il permet de gagner du terrain, de remonter la pente, de faire ses preuves. J'ai toujours perçu le travail comme le lieu de l'irréfutable. Et pourtant, j'ai fait un métier où la réussite ne va pas avec l'excellence. Il ne suffit pas d'être bon pour réussir. Il faut bien plus. De la chance, un sens politique, un ou des alliés, et une envie irrépressible et indomptable. Le tout placé sous l'égide du désir des autres ! Quadrature du cercle, feu sacré et pourtant son sort entre les mains des autres… Le sens politique, je me fichais bien d'en être capable, mais je pouvais abattre une masse de travail impressionnante. Je ne connais pas une femme dans ce milieu qui n'ait pas travaillé follement. Les femmes travaillent en profondeur. Méthodiquement. Elles sont pragmatiques, organisées et rationnelles. Par force, non par nature.

J'ai tout gagné. Pas dans le sens où j'ai tout réussi. J'ai *dû* tout gagner. Par mon travail. Et mon instinct.

J'ai 50 ans passés aujourd'hui et j'ai gagné beaucoup d'argent. Je l'ai utilisé pour acheter une maison et faire vivre une famille avec quatre enfants. J'ai aussi traversé un jugement aux prud'hommes. Pendant sept ans, j'ai affronté un mâle alpha pater familias type Ancien Régime qui m'a prise pour une quiche avec un grand mépris et je n'ai pas aimé. Il a attaqué ma culture. J'ai attaqué la sienne et j'ai gagné.

Mes patrons m'ont souvent sous-estimée. Très souvent. Et si c'était fort désagréable, c'était aussi bien pratique. Puisque de toute façon je n'étais pas prise au sérieux, je pouvais dire la vérité. Et je continue. Je dis toujours la vérité et je ne suis pas crue. C'est un spectacle permanent dans ma vie quotidienne.

J'ai eu un rédacteur en chef qui se targuait en réunion de rédaction, devant ceux avec qui je travaillais, de « me faire bouger avec des fils ». Il me pensait sa « marionnette ». Il le croyait sûrement, le pauvre ! Je me souviens avoir alors demandé au patron de notre chaîne de « rappeler son chien à la niche ». Ce qui fut fait. Il y eut aussi les journalistes qui s'étonnaient sincèrement et devant moi que j'aie articulé une pensée complexe, et m'en félicitaient de surcroît, des producteurs qui se rassuraient entre eux en se disant que je serais « docile », que je « les écouterais ». Messieurs, nous vous écoutons, mais parfois nous ne sommes pas d'accord et parfois même vous avez tort ! Une femme n'est pas un soldat au front, ou quelqu'une dont on peut faire ce que l'on veut ! Mauvaise pioche. J'aurais aimé que vous eussiez au moins jugé utile de faire semblant. Mais parfois… même pas ! Pourquoi aurais-je dû être souple ou conciliante face à l'expression du mépris ? J'aurais eu l'air de quoi ? Je suis pro, moi !

J'ai traversé ces moments de mépris, de bêtise, de médiocrité crasse avec détachement. Je n'attendais pas autre chose. J'ai fait avec, ce qui ne signifie pas que je l'ai accepté. C'était une donnée avec laquelle il fallait compter.

Le soir de ma première au « Grand Journal » était un événement médiatique. Je recevais le Premier ministre.

C'était un coup, comme on dit. Le lendemain, tous les papiers – nombreux – sans exception parlaient de mes cheveux. Trente ans de carrière résumés à mon savoir-faire capillaire. Pas mon travail d'intervieweuse, pas mon animation, pas mon ton, pas l'éditorial, pas la puissance, rien de ce qui peut se rapprocher de près ou de loin du résultat d'un travail. Non. Mes cheveux.

J'ai eu droit aussi au bashing de la presse nationale après avoir dit, avec maladresse, car ne trouvant pas la bonne expression en direct, que le Front national tenait « un discours de vérité » pour les Français. Déchaînement des foudres de l'enfer : enfin, c'est un métier ! Elle n'est pas à sa place. Elle est l'instrument de plus grand qu'elle ! On a même écrit que je servais à rapprocher le FN de Canal ! Mais quand même, pour défendre les thèses de l'extrême droite, il devrait y avoir mieux qu'une citoyenne (parmi tant d'autres) qui pratique la désobéissance civile en accueillant chez elle un de ceux qu'on appelle « migrants ».

Puisqu'on y est, vous dire aussi que quand j'ai décroché l'interview d'un président en exercice pour la première fois sur Canal, c'est parce que je l'avais invité à dîner ! Et pourquoi pas couché ?!

Quand on est une personne publique à un poste de pouvoir, il faut être prêt à accepter la critique, fût-elle désobligeante. C'est absolument normal. Je l'accepte.

Il se trouve que j'étais, ma dernière année sur Canal, la tête de pont de plus grand que moi. Je défendais les couleurs de ma chaîne mais j'étais de fait assimilée à son propriétaire. Je l'accepterais si c'était le cas pour tout le monde. Or ça ne l'est pas ! J'étais un pion de Satan alors que d'autres, qui y sont d'ailleurs toujours, étaient irréprochables et maîtres de leur cerveau ? Je ne peux que constater le sexisme crasse et vulgaire auquel j'ai été confrontée à ce moment-là. Je n'ai pas refait de télé après cette dernière année à Canal. Par choix. Par blessure aussi, si je suis honnête. L'idée qui me tenait, la joie de la télé que j'avais, c'était celle de la discussion sur la place du village. Un moment qui rassemble, qui aime la conversation, le débat, les échanges : l'avis et la vie des autres. Le moment n'est plus à ça. Et puis il y a une vie après la télé ! Avez-vous remarqué que les places de pouvoir, rares et donc convoitées, ne sont jamais abandonnées par les hommes ? Il faut Jacinda Ardern, Première ministre de Nouvelle-Zélande, pour quitter son mandat se trouvant « trop épuisée pour continuer », idem pour Nicola Sturgeon en

Écosse, Simonetta Sommaruga en Suisse ou la reine Margrethe II du Danemark qui abdique au profit de son fils. Eh bien moi aussi, je passe ! J'ai vécu trente ans de télé magnifiques ! Beaucoup d'envies, de moyens, de liberté, de tentatives, de culture, d'échanges, d'équipes extraordinaires, de conversations élevées. Voilà. Je les ai vécus et c'était fabuleux !

Je constate aussi que quand mes camarades masculins fêtent leurs trente ans de carrière, unes de magazine à la clé, savoir-faire et faire-savoir évidents, je suis comme mes camarades féminines, silencieuse sur cet anniversaire. Non pas que cela ait une quelconque importance, mais ça raconte encore combien j'ai beau penser, je ne sais pas toujours défaire ! À ma place : humilité et discrétion ! Ou peut-être finalement que ça n'a pas tellement d'importance ! Et c'est en partie vrai. Ce n'est pas une qualité, mais une femme, fût-elle de pouvoir, a aussi des choses extrêmement pragmatiques à gérer, comme les courses et le suivi scolaire ! Ça aide à garder les pieds au plancher !

Ma réputation en dit long sur la manière dont on m'a pensée. Si j'avais été un homme, on aurait dit « professionnel », extrêmement professionnel. En ce qui me concerne, le mot choisi a été « ingérable ». Je me résigne à savoir que c'est faux et à ce que ça me suffise, même si j'ai beaucoup de plaisir à vous le dire!

J'ai aussi croisé des hommes formidables. Libres et donc prêts à reconnaître la liberté de l'autre en face. Ce sont peut-être les seuls à avoir su qui je suis. Car j'ai fait ce métier de lumière pour passer inaperçue, pour être regardée mais pas vue. Maïtena Biraben, une femme invisible ? Vous rigolez ? Se mettre en pleine lumière permet de rester secrète et cachée. Donner le visible et cacher l'invisible sauf à ceux qui se donnent la peine, qui choisissent de vraiment regarder et finissent par voir. En fin de compte, vous avez été des centaines de milliers de femmes et d'hommes à le faire, à me connaître et à me reconnaître. Quel luxe dans une vie. Ce métier m'a permis et donné cela et c'est une émotion très forte. À chaque fois.

À 50 ans, c'est avec une femme que j'ai décidé de finir la route du travail. Une professionnelle, une grande femme de télé ! Mon associée, Alexandra. Nous nous connaissons depuis quasiment trente ans et avons toujours été attentives l'une à l'autre, faisant partie de celles qui envoient un message quand ça va mais aussi quand ça ne va pas. Virées l'une et l'autre, peu avant nos 50 ans l'une comme l'autre, nous avons été là l'une pour l'autre. Nous avons monté une société de production, et elle a belle allure. Elle s'appelle Mesdames. Comme nous ! Guettez-nous au générique.

J'ai demandé à Pierre, mon mari, d'écrire quelques mots sur moi à mes différents âges. Cela fait vingt ans que nous sommes ensemble.

Voilà my Lady,

C'est écrit le plus spontanément possible, de la façon la plus détachée possible et donc sans que cela nécessite d'être justifié.

2003-2008, Madame passe les 40 ans.

Maïtena est certes forte gueule mais « se laisse » encore assigner au rôle qui est attendu d'une belle et jeune femme.

Contrainte par un « sois belle et ne parle pas trop fort », sa curiosité n'est pas au top, par dépit et finalement par habitude.

Maïtena a un métier et des « papas » du métier. Pour eux, elle s'exécute mais toujours plus à contrecœur.

Cette assignation est ressentie plus aiguë et injuste.

Elle consomme gourmande, joue le jeu comme pour affirmer une liberté, une liberté d'apparence et d'apparat parfois.

Elle est en couple, revendique une famille, accueille son deuxième enfant et coche une case de la « normalité ».

Maïtena écoute.

Ce sont les années passives.

2008-2018, Madame atteint les 50 ans.

Maitena s'établit, achète la « maison du bonheur » et se marie.

Elle joue de son assignation à sourire qu'elle transforme en assignation à réfléchir, commenter et… sourire.

Maïtena lit, s'informe, s'intéresse, rencontre beaucoup de gens, un nouveau monde qu'elle ne crédite qu'à son bon vouloir.

Car Maïtena joue le jeu – toujours - mais pour elle cette fois.

Maïtena achète son assignation pour en faire sa force et la transgresser.

C'est douloureux, c'est un combat, mais ça marche.

Jusqu'à une première implosion. Libératrice ?

Jusqu'au(x) doigt(s) d'honneur aux « papas » du métier, à l'assignation d'un rôle familial, à l'assignation tout court.

Maïtena dit(cte).

Ce sont les années réactives.

2019-2023, Madame a tout juste 55 ans.

Maïtena réfléchit, toujours, libre. Pour elle-même cette fois et sur elle.

Maïtena réfléchit, beaucoup. Sur elle et sur les femmes.

Maïtena ne joue plus le jeu.

Maïtena déchire et reconstruit.

Maïtena est toujours plus nue.

Il n'y aura plus d'assignation à être, et certainement pas à être la femme de 55 ans.

Maïtena transmet.

Ce sont les années construites.

J'ai aussi demandé à Lucas, mon fils aîné de 27 ans, de raconter quelle femme il voit chez sa mère.

Maman à 40 ans : au top du top, fast life due au travail, beaucoup de pression sociale je suppose (j'étais petit, je ne suis pas certain), prend l'éducation très à cœur et tant mieux, en manque de « temps de pause » par moments, veut faire bien, fait souvent bien d'ailleurs, mais ne respire pas assez !

Maman à 50 ans : réalise pas mal de choses, se prend moins la tête, commence gentiment à faire ce qu'elle veut réellement, sans penser à l'opinion des autres, se rebelle, va chez la tatoueuse, se projette peut-être plus dans une ambiance, des milieux de travail qui lui conviennent mieux. Se libère de poids pour avancer. Second souffle.

Maman à 55 : craquage complet, achète des figurines Gundam à 60 € dans des bars-tabac, veut revenir à la fame, *la réussite des 40 ans avec les défauts et problèmes en moins et l'argent en plus, veut tout écraser, pas une maman 2.0 mais une femme 2.0, libre,* hopefully *plus heureuse, profite des petits moments comme des grands. Prend du temps pour elle et ceux qui l'entourent. Respire carrément bien maintenant, même si elle fait flipper tout le monde quand elle le fait. C'est suffisant ?*

Oui chéri. C'est suffisant.

À propos des enfants, un mot sur le fameux syndrome du nid vide qu'on nous promet, auquel on nous prépare, qui nous attend irrémédiablement !

Quand on est une femme qui n'a eu que ses enfants dans sa vie, et pas par choix, je veux bien le concevoir. Mais moi, et tant d'autres, qui nous épanouissons aussi et parfois davantage ailleurs que dans la maternité, par quel miracle devrions-nous sombrer dans la dépression au moment de leur départ ? C'est hallucinant ça !

Pierre et moi sommes à la tête de quatre enfants. Le dernier s'apprête à décoller. Je compte les heures ! Mais quelle joie ! Bientôt nous pourrons nous promener tout nus chez nous, faire n'importe quoi, n'importe quand, ne plus nous tenir, ne plus montrer l'exemple. Nous ne serons plus sous surveillance. Plus de courses à faire, plus de repas à préparer, plus de consignes à donner, plus d'interminables conversations sur des sujets parfois sans intérêt pour nous, plus à penser, organiser, prévoir, assurer. Par contre nous garderons tout le reste : la joie de les voir, de les avoir, de les voir arriver, et gagnerons celle de les voir repartir !

Nous élevons nos enfants pour qu'ils s'envolent. Je ne serai pas moins leur mère quand ils seront partis ! Je n'assigne à mon tour personne à ne pas avoir le blues. C'est assurément un changement, mais comme toujours quand ça nous concerne, on n'en raconte que le pire : l'absence, l'inutilité, le sombre.

Alors moi, comme toutes celles qui l'ont déjà vécu, nous vous promettons beaucoup de libertés retrouvées, de relations nouvelles à construire avec votre moitié, le retour d'une sexualité, si ce n'est ébouriffante, du moins moins contrainte géographiquement, et les fous rires qui vont avec !

L'incroyable plaisir de raccrocher le téléphone quand la conversation ne vous intéresse plus et, bien sûr, vous garderez intact l'amour de vos enfants mais sans être un distributeur automatique de solutions diverses et la récipiendaire à toute heure de toutes leurs questions triviales : où est ma chemise ? tu as vu mon pass Navigo ? t'as pas 20 balles ? j'avais posé ça là, c'est où ? c'est où les draps ? à quelle heure on mange ?...

Non mais s'il vous plaît ! Quelle libération ! Quelle joie, quelle promesse !

Le nid vide ? La vie belle, oui !

Le dernier de mes quatre enfants s'apprête donc à partir. Dans quelques mois, il fermera la porte de la maison et nous nous retrouverons, son père et moi, face à face. Il vaut mieux, c'est certain, avoir des choses à se dire et des envies de partage, sinon c'est la dévastation.

Quand Gabriel partira, il va clore trente ans de nos vies. Trente ans passés à élever, éduquer, guider, penser, gérer au quotidien quatre, puis trois, puis deux, puis un, puis plus. Voilà, c'est fait et ça ne reviendra plus jamais, la vie de famille est terminée et nous voici en couple dans une maison silencieuse remplie de chambres vides. Voilà un sacré ailleurs qui commence !

Je ne crois pas que ce soit plus difficile ou étrange pour les mères que pour les pères. L'assignation au nid vide uniquement pour les mères aimantes, comme si les pères avaient été inutiles et sans émotions. C'est au couple parental que cela arrive ! L'éducation de nos enfants, derrière nous pour toujours ! Un pas majeur vers la vieillesse. Pour tout le monde ! C'est indéniable.

La nostalgie de ce qui n'est plus est réelle et la joie de ce qui advient l'accompagne !

Mon premier tatouage, je l'ai fait dans les années 2000 dans un bar gay de San Francisco. Un colibri sur le bas du dos. Le seul oiseau capable de faire du vol stationnaire. Le tatouage est souvent un message personnel que l'on s'envoie à soi-même.

Deux ans avant mes 50 ans, j'ai fait les suivants. Les fleurs de Pierre-Joseph Redouté. Il est né avant la Révolution française et meurt après la Restauration. Il a été le peintre du cabinet de la reine Marie-Antoinette puis celui de l'impératrice Joséphine. Il a servi tous les régimes dans une période révolutionnaire sanguinaire en dessinant des fleurs. Sur l'avant-bras, j'ai une rose pour l'été, un hortensia pour l'automne, un cerisier pour le printemps et *Winter is coming*... Ces dessins disent la beauté et la douceur qui traversent même les temps de violence. La délicatesse de l'éphémère. Je voulais marquer dans ma chair et dans ma tête que ce qui avait été n'était plus et que ce qui arrivait était à ma main. Je voulais absolument que ce soit inscrit en moi. Que l'invisible apparaisse.

Que ce moment est fragile. Qu'on est fragile dans ce moment. On nous appelle définitivement Madame, et parfois devant une jupe, un haut ou même des lunettes, on se dit « ce n'est plus de mon âge ». Pourquoi et comment ? Je suis bien incapable de le dire ! Mais je le ressens.

On le sait, on le vit, on arrive *à notre âge*... Le métabolisme ayant sérieusement ralenti, on boit moins, on mange moins – mais on grossit quand même –, on se réveille tôt, on se couche plus tôt. On fatigue davantage.

On préfère être chez soi. On aime davantage nos repères, notre matelas, notre confort.

Soudainement, on réalise par un détail, un moment, une sensation, que l'on s'est installé dans un ailleurs. Un nouveau rythme.

Dans mon dressing, par exemple. Un vêtement,

j'ai oublié lequel, que d'un instant à l'autre je n'avais plus l'âge de mettre. Je n'avais plus l'âge, il fallait que je m'y résolve. Fini, terminé, fermé le ban. Mais quelle était la raison du basculement de « possible » à « incongru » ? Quel signe avait frappé au coin de mon bon sens pour m'avertir que ça, non, c'était terminé ? Ce n'était une histoire ni de longueur ni de taille trop étriquée. C'était simplement ce vêtement sur mon corps : ça, ce n'était plus de mon âge. *Plus de mon âge.* Et la question suivante qui m'a traversée immédiatement : mais comment suis-je censée m'habiller à 56 ans ?

Que dois-je porter ? Mon tee-shirt avec un canard *hard rocker* acheté en fripe est-il toujours de mon âge ? Mon mini-kilt est-il désormais immettable pour d'autres raisons que le manque évident de tissu autour de mes hanches ? Et mes maillots de bain en liberty ? J'en fais quoi ? Je les donne à une jeune fille de 16 ans ? *Quid* de mes santiags roses ? Suis-je grotesque avec ? Et mon pull en cachemire me met-il désormais trente ans dans la vue ? Bref, que faire ? Que mettre ou ne pas mettre, telle est la question.

J'ai acheté beaucoup de vêtements de marque, de grande marque. Aujourd'hui c'est au Monoprix que je m'habille. Je n'achète plus de robes Lanvin en soldes de presse – d'abord, parce que je n'y suis plus invitée, et puis ça me semble saugrenu de m'offrir un tel habit. Pourquoi et depuis quand je ne vaux plus la peine de la griffe ? Questionnement inouï… et abyssal. Mais aussi, concomitamment, totalement sans intérêt !

À NOTRE ÂGE, on met moins puis plus du tout de chaussures à talons. Parce que ça fait mal et qu'on se l'avoue, enfin. J'ai vécu sur des talons de seize centimètres, pour faire plaisir à mon mari qui mesure deux mètres, il les regrette aujourd'hui bien plus qu'il ne compatit au fait que mes pieds soient déformés et que les douleurs soient insupportables. Je ne parle que des deux parties du corps qui nous permettent d'être debout et en marche… Le premier des outils de notre autonomie et de notre indépendance !

J'ai adoré porter des talons. J'aurais cependant aimé savoir que cela entraînait des conséquences, en connaître le prix et les conditions. J'aimerais encore en porter, cela fait incontestablement des jambes magnifiques, et je ne veux pas sortir de ma vie le sentiment d'être belle. À quand la paire de chaussures élégantes et confortables, la Louboutin-Scholl ? Avis aux chausseurs. Nous sommes un marché gigantesque. Et nous avons sauf exception deux pieds chacune.

À NOTRE ÂGE, on devient plus culotte haute sans démarcation que string. Logique quand on a un bourrelet de ventre, et tellement plus confortable aussi. Cependant, il m'a fallu voir ma copine Guilaine, 60 ans, porter une de ces culottes pour me rendre compte que c'était sexy ! Soit, elle a un corps de rêve et c'est hyper beau. Moi je n'ai pas un corps de rêve et c'est hyper beau aussi ! Je les achète en vert, en rouge, en rose, en jaune, c'est pop et c'est sexy.

À NOTRE ÂGE, on se coupe les cheveux, ça remonte les traits du visage.

À NOTRE ÂGE, on fait attention à ses bras.

Avant, jamais on ne regardait cet endroit de nos bras, pas plus qu'on ne pensait au fonctionnement d'un coude. C'était induit, ça allait de soi, on avait des bras. Et puis sont arrivés des plis, des rides, des vagues à la jonction du bras et du buste. Vous l'avez compris : c'est moche ! Et la chauve-souris... Le dessous du bras qui pend. On le remarque généralement en applaudissant, la peau fait alors comme un volet battant à l'horizontale. D'ailleurs, vous regarderez, toutes les actrices, les chanteuses travaillent leurs bras. Elles ont toutes le bras musclé. Le sport, le seul moyen de battre le bratman ! Et c'est vrai qu'un bras ferme est plus joli qu'un bras mou. Mais l'importance du joli doit être laissée à chacune.

Le bras est un vrai signe de notre âge. On l'a bien vu chez nos mères mais on peut toujours se rassurer en nous mentant à nous-mêmes... jusqu'à ce qu'il pointe le bout de son coude.

À NOTRE ÂGE, c'est parfois le reflet de nos mères que nous voyons dans notre miroir. Singulière expérience. Nombre d'entre nous ont consacré beaucoup de temps, de larmes et d'énergie à s'émanciper d'elles, et voilà que le miroir siffle le ex aequo. Une mi-temps qui coupe les jambes mais qui nous ramène à notre réalité commune. Nos mères, avant d'être nos mères, sont des femmes, comme nous, et c'est donc en vieillissant, en nous approchant de l'âge où on les a connues, que nous nous mettons à leur ressembler de façon troublante. Et que ce constat nous surprenne est le plus surprenant !

Il m'arrive de me retrouver entre femmes du même âge. La conversation est alors plurielle, vivante et complexe. Les plus délurées se précipitent pour dire et entendre, mais surtout dire. Les plus timides finissent par rejoindre le torrent de paroles et en font une cascade. C'est fou, ce surgissement de mots, de récits, d'anecdotes, de descriptions et toujours, toujours, le rire qui l'accompagne. Le rire vis-à-vis de soi-même, le rire de la situation, le rire amené par le plaisir du partage…

Les plus libres soulèveront leur tee-shirt pour montrer ce ventre hier tendu, aujourd'hui détendu.

Détendues, c'est cela que nous sommes !

Mes congénères se marrent en se voyant vieillir. Elles fournissent des efforts, elles se battent, mais elles en rient aussi. Et me réconcilient moi aussi avec l'effort car je ne suis plus dupe ! Nous faisons toutes la course contre le temps qui passe, espérant le ralentir, mais évidemment conscientes que nous finirons deuxième.

Les quinquas, futures sexagénaires et septuagénaires rient en écoutant Brahms ou Michèle Torr, en se souvenant de leur pick-up ou de la radio grandes ondes. Mais Mesdames arpentent aussi les festivals, chantent Angèle, Disiz et Soprano avec leurs enfants, connaissent Luidji, s'enjaillent sur de la techno ou de l'électro, adorent disco, funk, rock, rap, électro, trap, Vitalic et Moderat. Elles groovent. Elles ont grandi comme ça ! « Rapper's Delight », Sanson, Bowie, FFF, IAM, Dr. Dre, Beyoncé, Juliette Armanet et NTM. Laisse-nous zoom-zoom-zang !

Nous remarquons quasiment systématiquement la jeunesse des autres. Les autres, cette plaie ! Ce sont les autres qui nous font vieillir. Ce sont les autres qui nous voient vieux et voilà que nous le voyons nous aussi. À 40 ans, je remarquais à peine quand des adolescents étaient là. Aujourd'hui, je suis gênée parce qu'ils posent sur moi un regard qui me dit Madame. Le « bonjour Madame » qu'ils m'adressaient à mes 40 ans était sans conséquence car vide de sens pour moi. Seize ans plus tard, il claque. J'ai entendu le « Madame », je l'ai intégré et j'en suis devenue une.

Évidemment, j'ai trouvé le piège et la parade. Le piège : vouloir agir comme si on ne l'était pas, une Madame. Nous sommes alors grotesques. C'est affligeant. Je le sais car je l'ai fait. J'ai voulu prétendre que je n'étais pas celle qu'ils voyaient et le regard de commisération et d'incompréhension que j'ai reçu en retour a fait mal ! C'était mérité.

La parade maintenant. *Die unwürdige Greisin* de Bertold Brecht. Traduction : la vieille femme indigne. L'indignité, le rock'n'roll de ceux qui ne sont plus jeunes. Je m'aventure avec beaucoup de bonheur sur le chemin de l'indignité. Faire frissonner le bourgeois, choquer les enfants, oser... Je me classe dans le top 5 des femmes indignes derrière Nina Hagen, Brigitte Fontaine, Marina Abramović et Madonna, et ça me plaît. Quel invraisemblable kif ! Je n'ai pas renoncé à ne pas être à ma place, c'est-à-dire à celle qui m'est attribuée comme quand j'avais 15 ans. *No future* le système, *no pasarán* !

Mais à la différence de mon adolescence, je me bats pour et pas contre. C'est une jubilation que de ne pas être dans les clous. Pour mes enfants, c'est moins drôle. Tant pis. Ce n'est pas une posture, c'est un art de vivre !

Et mon mari, lui, ça le fait rire. Et pour moi, le rire est au-dessus de tout.

Je choque sans le chercher et sans m'en prémunir. Je choque beaucoup les femmes plus jeunes ! Et ça, c'est fatigant ! Je suis fatiguée. Je m'applique pourtant, en tirant la langue comme une enfant, à défaire et à déconstruire, mais parfois ça m'embête. Il était clair, le monde d'avant ! Injuste mais clair.

Il était lisible et nous savions y naviguer. Oui, les messieurs étaient paternalistes et oui, une de nos armes était la séduction.

Faire le procès des époques, ça me fait bien marrer.

Déconstruire, ce n'est pas réécrire. Parfois la déconstruction va de pair avec le jugement et peut atteindre l'expression du mépris. Sans intérêt et inutile, souvent blessant. Je me suis déjà sentie rabaissée, fautive, coupable, un peu bête, vulgaire et ce sont certaines jeunes femmes militantes qui ont fait surgir chez moi ce sentiment. Comme si elles avaient du dégoût pour qui nous étions et ce que nous avons accepté. C'est le moment où je prends ma pipe et mon pull pour dire : « Ma petite, c'est parce que nous avons tenu que tu peux défaire ! Et tant mieux ! Toi aussi, un jour, tu auras le sentiment de devoir rendre des comptes aux femmes plus jeunes qui inexorablement suivront tes traces et amélioreront le bousin. Disons-nous plutôt merci. Prenons-nous dans les bras. Nous le méritons bien ! »

Ce dialogue me manque. Une trentenaire me disait l'autre jour nous trouver, nous les femmes de ma génération, très attentives et solidaires de la sienne. J'ai été touchée, émue. Cette sororité, je ne l'ai jamais rencontrée, mais si nous, du haut de nos années et de l'expérience que les plus jeunes nous reconnaissent, pouvons aider, c'est bien volontiers. Lorsque j'avais 30 ans, c'était si compliqué pour une femme de sortir de sa place assignée que quand elle y arrivait, elle n'avait pas pour priorité de faire la courte échelle aux autres ! Si, après nous, les plus jeunes peuvent s'y mettre, tant mieux.

Mon âge est celui de l'invisible. Mais pas comme on l'entend ! C'est son heure ; l'invisible sort du bois et se montre.

Je suis née dans une famille où rien n'était possible, car rien n'était après, rien n'avait de frontières, il n'y avait pas d'ailleurs. Mais j'ai toujours su que ce n'était pas vrai, que c'était une fable, et donc intrinsèquement, physiquement, je savais que tout était possible. Et comme je le savais, je me suis laissé faire par la vie, car je n'avais pas la carte pour naviguer dedans. J'ai flotté, j'ai vogué, j'ai plané comme une feuille au vent, j'ai laissé la vie faire en même temps que ces autres qu'elle a mis dans la mienne.

Tout était possible alors j'ai laissé faire.

J'ai donc peu de souvenirs. Je sais où j'étais, à peu près quand, et ce que je faisais, mais je ne me souviens pas. Comme je n'ai jamais réussi à me souvenir de la liste des gens que j'ai interviewés.

Tous ceux qui comme moi sont absents de leur propre vie savent de quoi je parle.

Je n'étais pas présente à moi-même.

Peu de gens ont ce privilège de savoir leur vie dans le temps présent. Les artistes, j'imagine ! J'ai toujours regardé David Bowie avec fascination car je crois qu'à chaque instant de sa vie, il a su qui il était, il avait sa vie entre ses mains.

La mienne a été dictée par mon enfance, les circonstances, les hasards, mon inconscient. À lui, je fais un grand sourire… Je lui en dois de belles !

Dans cette nébuleuse qu'est le chemin vers moi-même, j'ai aussi rencontré des gens qui comptent et qui restent. Je ne sais pas pourquoi c'est eux, et pas d'autres, et ça n'a aucune importance.

Pierre, mon mari, est une de ces rencontres fondamentales, une rencontre d'une grande exigence. Il a été le mur contre lequel je me suis cognée, celui que j'ai sans cesse affronté, en silence, en fureur, pleine d'espérance et en colère. Et puis, à force d'être au pied de ce mur toujours intact, j'ai commencé à le regarder, à le détailler, à le considérer et à me définir par rapport à ce que je voyais – vivais, supportais, aimais, désirais, espérais.

Et je suis devenue moi-même. Mon invisible est apparu à la surface. Doucement, tranquillement. Guerre faite, perdue ou gagnée, étant sans aucun intérêt.

Voilà, me voici.

Tous les rendez-vous ratés, gâchés, tous ceux sublimes et éphémères, d'un instant, d'un moment, d'un rien, font le tout de ce que j'ai envie d'être.

J'ai fabriqué des êtres humains, je les ai névrosés et élevés. J'en ai accompagné d'autres comme s'ils étaient miens. Je me suis mesurée à eux. Ils m'ont fait devenir moi-même.

À mon fils aîné, je dois énormément, car il est le premier à m'avoir regardée en attendant que je me voie.

Viens maman ! Qui es-tu vraiment ?

Le dernier n'est pas en reste. Il m'épie. Il épie mes moments. Il me considère.

J'ai vécu longtemps sans prendre ma vie en main, car je n'avais pas la moindre idée d'où la mener. J'ai décidé d'interagir avec mon destin tard, vers 40 ans, et à l'heure où j'écris ces lignes, je crois pouvoir dire que je suis enfin alignée avec moi-même.

Je me connais, même si je me surprends parfois, je me déçois aussi, mais rarement. Je m'apprécie.

Je me fais rire. Je réussis à être seule avec moi-même, et c'est délicieux.

Je suis presque en paix, même si je n'aurais jamais pensé que ce soit mon genre ou mon style. J'ai de la tendresse pour toutes ces filles que j'ai été. Innocente et naïve mais jamais dupe. Parfois silencieuse mais jamais aveugle. Douloureuse mais jamais victime.

Ma lucidité est à toute épreuve et ne m'a jamais fait défaut. Aujourd'hui, elle ne m'est plus utile. Je m'en fous. La lucidité, c'est l'outil pour considérer le monde extérieur et il n'est plus mon étalon. Je suis, je vais, je vis dans ce monde extérieur mais c'est lui qui se fait à moi, et plus moi à lui.

C'est une grande satisfaction. Je peux, je sais et je dis simplement oui ou non.

Voilà pourquoi j'ai écrit ce livre, Mesdames. Pour vous rappeler si vous l'avez oublié que, sur ce chemin, dans une adversité folle, dans ce monde conçu par les hommes et pour eux, nous sommes absolument héroïques et que quand nous ne *devons* plus, grâce qui nous est accordée car nous ne *pouvons* plus, alors nous *sommes* enfin.

L'invisible : une flamme, quelles que soient sa taille, sa force et sa puissance, bien vivante sous les braises de ce que nous avons *dû* être, faire, dire et promettre.

L'invisible est d'une vitalité, d'un allant, d'une tranquillité qu'il ne faudrait pas que les préconçus, les attentes, les « il faut » qui traînent évidemment encore et toujours empêchent.

Ces récits de nous faits par l'autre, tous ces mots qui nous définissent et nous limitent, écartons-les et qu'ils se poussent pour que nous allions, désormais authentiques et libres.

Et si, pour celles qui suivent, cela peut se faire bien avant, je ne serais pas peu fière d'avoir participé par deux fois à défaire les discours sur nous. Il y a vingt-quatre ans sur l'assignation au bonheur de la maternité, et aujourd'hui au malheur de l'après-ménopause.

Nos règles toute notre vie une fois par mois.

En ce qui me concerne de 11 à 53 ans, et puis la vie sans elles, la vie sans les règles, la vie sans leurs règles. La vie !

Mesdames, la vie est servie ! Les clés du camion sont sur la table, il fait beau peut-être et la route est droit devant, on ne sait où elle mène, c'est peut-être magnifique. En tout cas, c'est entre nos mains. Pleinement.

J'ai interrogé ChatGPT sur les femmes de plus de 45 ans. J'ai prompté : écrire un manifeste sur les femmes de 50 ans. Voilà le résultat !

Manifeste pour les femmes de plus de 45 ans : Éclat, Force et Renaissance

Nous, femmes de plus de 45 ans, déclarons haut et fort notre engagement vers une ère où l'âge n'est pas une limitation, mais une célébration de la sagesse, de la résilience et de la beauté intérieure. Nous revendiquons notre place dans cette société en tant qu'individus pleinement épanouis, portant avec fierté les marques de nos expériences passées et embrassant le potentiel infini qui réside en nous.

L'Éclat de la Maturité :

1. *La Force dans la Diversité*
2. *Une Renaissance Personnelle*
3. *La Beauté au-Delà des Normes*
4. *La Puissance de la Solidarité*
5. *Leadership et Mentorat*
6. *La Vie en Plein Épanouissement*

Si ChatGPT le dit !

Et du coup, j'ai écrit le mien. Il est mieux !

Nous sommes nées à l'époque du cadeau Bonux, de deux chaînes de télévision seulement, de la mire ORTF et du déjeuner du dimanche.

Nous avons fait le chemin de la pomme d'Antenne 2 au tadam de Netflix, des jeux de 20 heures à Koh-Lanta, d'Arsène Lupin avec Descrières à Arsène Lupin avec Sy.

Nous avons fait le grand écart entre le téléphone à cadran et ChatGPT.

Le Minitel, la naissance de Windows, l'explosion de Mac, les Nokia, les BlackBerry, les iPod-Pad-Phone, la musique qui se balade, du ghettoblaster à Spotify, c'est nous.

De l'Église qui régentait notre sexualité à la pilule et l'avortement qui l'ont libérée, de la permission qu'ont obtenue nos mères d'avoir un chéquier et un compte en banque à celle que nous avons de changer de sexualité ou de genre,

nous venons
d'ailleurs,

nous venons
d'un hier lointain et nous sommes dans la place !

Ceux et celles qui nous racontent aujourd'hui comme on racontait nos mères et nos grands-mères se trompent.

Ceux et celles qui répètent à l'envi que la ménopause est le début de la mort sociale se leurrent.

Ceux et celles qui font prospérer l'idée que la cinquantaine est l'âge de la vieillesse s'égarent.

Ne plus avoir nos règles ? Une libération.
Changer de vie ? Une possibilité.
Voir partir nos enfants ? Une liberté.
Refaire nos vies ? Un choix.
Monter une boîte ? Bien sûr !

🙂

Avant de vous quitter, un tour de magie, simple et efficace. Ça marche toujours quand on a besoin de clarté : la fameuse liste des pour et des contre. Rien ne lui résiste : une feuille, deux colonnes. À gauche les contre, à droite les pour.

Voilà en deux colonnes mon état des lieux à l'instant T.

À gauche le visible, à droite l'invisible.

Colonne de gauche. Le visible : ce que j'ai perdu.

La jeunesse et donc certainement de la beauté. De l'énergie. La certitude de la santé et des gens que j'aimais.

Colonne de droite. L'invisible : ce que j'ai gagné.

La connaissance de moi-même, de la perspicacité, le sens des priorités, la différence entre l'urgent et l'important, des fous rires gratuits, des relations profondes, de la connaissance et la compréhension qui va avec, des rides et l'expérience qui va avec, j'accepte de pouvoir avoir tort. Des milliers de souvenirs à faire vivre, de l'énergie mieux utilisée, le plaisir d'être avec moi-même, la conscience de mes erreurs et les leçons qui les accompagnent, une relation magnifique avec l'homme que j'aime – beaucoup mieux –, de l'envie déployée au juste endroit, l'acceptation de l'échec, la possibilité de savoir sans avoir besoin de le clamer, une forme d'autorité sereine, du confort pour mes pieds, du poids avec lequel je pactise, de la chaleur humaine, la capacité à dire non.

Je suis riche d'une expérience de plus de trente-cinq ans de métier. Animatrice, journaliste, je sais recueillir des témoignages, interroger des politiques, mener un jeu, animer un talk-show. Je suis cofondatrice d'une société, entrepreneuse, productrice d'événements singuliers, créatrice artistique d'idées originales. Gestionnaire de relations humaines, productrice de fiction, vendeuse de projets, je choisis et convaincs des auteurs et des réalisateurs. Je suis auteure de ce livre, mère de famille, belle-mère, femme de, fille de, sœur de, orpheline.

J'ai croisé la mort et j'élève des enfants depuis vingt-sept ans. J'ai des amis dont le plus ancien l'est depuis plus de quarante ans. J'ai changé, j'ai grandi, je me suis améliorée et trouvée. Je n'essaie plus d'avoir raison mais de comprendre. Je n'ai plus rien à prouver hormis à ceux que je choisis, mon associée chérie, mes amis et tous ceux qui me créditent de valeurs. J'ai défendu des idées, j'ai affronté et tenu tête bien au-delà de moi-même pour défendre une culture, j'ai changé la vie de quelqu'un, je sais qu'il faut savoir désobéir, j'ai du courage et il est assorti d'un sourire.

Si je me rencontrais, je m'aimerais bien ! Je m'engagerais à coup sûr. J'écouterais ce que cette personne avec autant de savoir-faire et d'expérience peut avoir à me dire. Je m'enrichirais d'elle !

Cette liste est la mienne. Faites la vôtre !

J'aimerais les lire, ces listes de vos visibles évanouis et vos invisibles épanouis. C'est votre femme invisible que je vois quand je vous croise !

Il est grand temps que le regard porté sur nous voie ce que nous sommes en plus et pas la prétendue somme de nos moins.

Nous sommes aujourd'hui 9 millions, 9 millions de femmes qui pouvons apporter à chacun de nous dans la sphère intime, ainsi qu'à notre société, économiquement, professionnellement, sociologiquement, notre savoir-faire, notre expérience, notre point de vue, notre esprit libre. Dégagées des contraintes de la compétition, de la démonstration, libres de notre temps et dans nos têtes, rompues à la guerre de tous les quotidiens.

9 millions de femmes invisibles.

Maïtena

Cet ouvrage a été achevé d'imprimer sur Roto-Page
par l'Imprimerie Floch à Mayenne
pour le compte des Éditions Grasset
en avril 2024

Composition Maury-Imprimeur

PAPIER CERTIFIÉ

Grasset s'engage pour
l'environnement en réduisant
l'empreinte carbone de ses livres.
Celle de cet exemplaire est de :
200 g éq. CO_2
Rendez-vous sur
www.grasset-durable.fr

N° d'édition : 23188 – N° d'impression : 104658
Dépôt légal : mai 2024
Imprimé en France